_____ 님께 이 책을 드립니다.

김용택의
시의적절한 질문의
시

어쩌면 별들이
너의 슬픔을
가져갈지도 몰라 +플러스

감성치유
라이팅
북

김용택의
시의적절한 질문의
시

어쩌면 별들이 너의 슬픔을 가져갈지도 몰라 +플러스

위즈덤하우스

한 편의 남의 시와 한 줄의 내 글

한 편의 시를 읽고
한 줄의 내 생각을 쓰다 보면
내가 달라져 있다는 것을 깨닫게 됩니다.
글은 내 생각을 쓰는 일입니다.
살다 보면 나를 괴롭히는 생각이 가득 찰 때가 있고
환희로 넘칠 때가 있습니다.
그 생각을 밖으로 내보내는 일이 글쓰기입니다.
고여 있는 생각을 써버리면
또 다른 생각이 들어오지요.
그 생각을 또 써버리면 새로운 생각이 또 들어옵니다.
그러다가 보면, 생각을 다루는 기술이 생깁니다.
생각을 다루는 기술은 생각을 쓸 때 저절로 생겨납니다.

삶도 기술입니다.
정말 좋은 기술은
어제와는 다른 오늘을 내가 만들 때입니다.
이 책은 수많은 날들 중에
그 어디에서
그 누가
나를 부를
그 어느 날을 만들어줄 것입니다.

2016년 11월

그 어느 날에

김용택

손으로 읽고 마음으로 새기는 감성치유 라이팅북

김용택의 시의적절한 질문의 시
《어쩌면 별들이 너의 슬픔을 가져갈지도 몰라+플러스》를
소개합니다.

《어쩌면 별들이 너의 슬픔을 가져갈지도 몰라+플러스》는 91편의 시를 읽고
김용택 시인이 던지는 질문에 독자가 답을 채워나가는 감성치유 라이팅북입
니다. 왼쪽 페이지에는 시인이 쓴 시의 전문을 실었고, 오른쪽 페이지에는 김
용택 시인의 짧은 글과 질문, 독자가 질문에 답할 수 있는 감성적인 여백을
마련하였습니다.

《어쩌면 별들이 너의 슬픔을 가져갈지도 몰라+플러스》는 시를 필사하는 즐
거움을 알려주었던 전작 《어쩌면 별들이 너의 슬픔을 가져갈지도 몰라》의 후
속작으로 필사 외에도 다양한 즐거움을 선사합니다.

하나, 91편의 시와 여러 문학 작품을 감상하는 즐거움을 드립니다.
여러 문인이 써 내려간 시 91편 외에도 다양한 문학 작품을 함께 수록했습니다. 함께
읽어보면 좋을 만한 명언, 같은 주제나 다른 의미를 지닌 또 다른 작품 등 시와 비교
하며 감상할 수 있는 읽을거리가 풍성합니다.

둘, 김용택 시인의 짧지만 의미 있는 글이 감동을 더해줍니다.

김용택 시인의 이야기는 때론 유쾌하고 때론 감동적입니다. 한 편 한 편 읽다 보면 그저 재미있다가도 마음 한편이 뭉클해지기도 합니다. 나도 모르게 삶을 대하는 자세를 바로 세우게 됩니다. 밑줄 긋고 싶은 시인의 말을 꼭꼭 씹어가며 읽어보세요.

셋, 질문에 답하는 자기계발 시간을 선사합니다.

김용택 시인의 질문에는 인생이 담겨 있습니다. 나를 돌아보는 '자아 성찰'의 질문도 있고 미래를 구체적으로 설계하는 '자아 실현'의 질문도 있습니다. 나 자신과 주변을 살피고 질문에 답을 채우다 보면 희미하지만 삶의 길이 하나 더 열릴 것입니다.

넷, 필사하고 글을 쓰며 문학적 소양을 쌓을 수 있습니다.

시 필사뿐만 아니라 편지 쓰기, 삼행시 짓기, 끝말잇기, 시 재창조하기 등 독자가 직접 글을 쓸 수 있는 페이지를 추가해 문학의 즐거움을 누릴 수 있습니다. 간단한 글 짓기를 통해 창의성을 계발하고 마음을 환기하세요.

다섯, 다양한 취미 활동을 제안합니다.

잠시 머리를 식히는 시간도 마련했습니다. 컬러링북 채색, 명화 감상, 버킷리스트 작성, 세계지도 채우기 등 소소한 취미를 즐겨보세요. 모든 작업은 시와 연결되어 있어 시를 깊이 이해하는 데 도움을 줍니다.

김용택 시인의 '시의적절한 질문의 시'가
여러분 인생의 답을 찾는 여정을 함께합니다.

▣ 다양한 방법으로 책을 자유롭게 즐겨보세요.

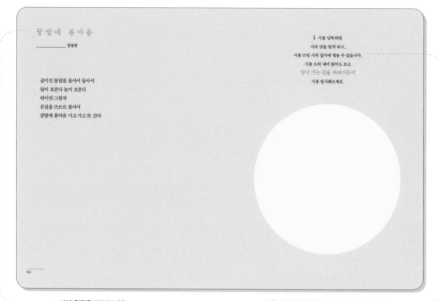

· 시의 원문을 감상하세요.

· 김용택 시인의 글과 질문입니다. 아래의 여백에 답을 채워보세요. 질문에 답하고 싶지 않은 날엔 그냥 시를 필사해도 좋습니다.

가끔은 컬러링 페이지에 색칠도 하고,

가끔은 좋은 글을 읽으며 오직 나만을 생각하세요.

◼ 서로 다른 시구를 연결해서 한 편의 시를 만들어보세요.

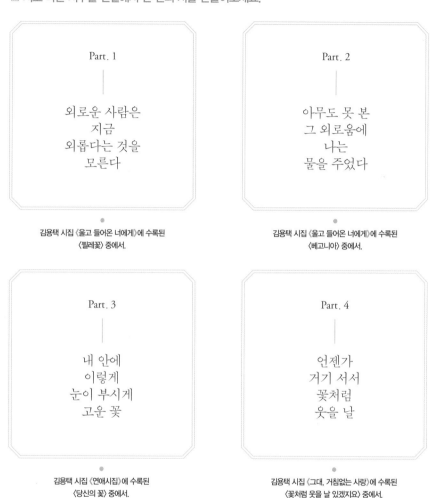

Part. 1
—

외로운 사람은
지금
외롭다는 것을
모른다

김용택 시집 《울고 들어온 너에게》에 수록된
〈찔레꽃〉 중에서.

Part. 2
—

아무도 못 본
그 외로움에
나는
물을 주었다

김용택 시집 《울고 들어온 너에게》에 수록된
〈베고니아〉 중에서.

Part. 3
—

내 안에
이렇게
눈이 부시게
고운 꽃

김용택 시집 《연애시집》에 수록된
〈당신의 꽃〉 중에서.

Part. 4
—

언젠가
거기 서서
꽃처럼
웃을 날

김용택 시집 《그대, 거침없는 사랑》에 수록된
〈꽃처럼 웃을 날 있겠지요〉 중에서.

외로운 사람은 자기가 지금 외롭다는 것을 모른다
아무도 못 본 그 외로움에 나는 물을 주었다
내 안에 이렇게 눈이 부시게 고운 꽃
언젠가 거기 서서 꽃처럼 웃을 날

좋아하는 시의 구절을 모아서 나만의 시를 재창조해 보세요.

작가의 말
감성치유 라이팅북 가이드

Part. 1
|
외로운 사람은 지금
외롭다는 것을 모른다

Part. 2

아무도 못 본 그 외로움에
나는 물을 주었다

Part. 3

내 안에 이렇게
눈이 부시게 고운 꽃

Part. 4

언젠가 거기 서서
꽃처럼 웃을 날

Part. 1

외로운 사람은
지금
외롭다는 것을
모른다

그 냥 둔 다

———————— 이성선

마당의 잡초도
그냥 둔다.

잡초 위에 누운 벌레도
그냥 둔다.

벌레 위에 겹으로 누운
산 능선도 그냥 둔다.

거기 잠시 머물러
무슨 말을 건네고 있는

내 눈길도 그냥 둔다.

; 텔레비전을 잠시 끄세요.

하루 종일 손에서 떨어질 줄 모르던

핸드폰을 잠시 멀리 두세요.

단 5분이라도

아무 일도, 아무 생각도 하지 마세요.

나를,

나만

온전히

그대로

두세요.

가끔은

나를 찾는

고요한 시간이 필요합니다.

잡 시

_____ 도연명

태양이 서산으로 지자
흰 달이 동쪽 마루에 솟아오른다.
멀고 먼 만 리까지 밝게 비추니
넓고 너른 공중의 풍광일세.
바람 불어와 문 사이로 들어차니
밤중엔 베갯머리가 서늘하구나.
기후가 변하면 철 바뀐 것 알고
잠 못 드니 밤 길어졌음 깨닫노라.
말 주고받고자 하나 함께하는 이 없으니
잔 들어 외로운 그림자에게 술 권한다.
세월은 날 버리고 속절없이 가버리니
뜻을 품고도 펼치지 못함이
가슴이 서글프고 처량하여
이 새벽 다할 때까지 마음 가라앉질 않는구나.

; 저는 여전히 시인이라는 호칭이 쑥스럽고 부끄럽습니다.

나 같은 사람은 시인이 아닌 것 같아요.

시인은 더 큰 세상을 가슴에 안고 사는 사람이어야 하는데 말이에요.

저는 그냥 살다가 어느 날 시가 써지면

이게 시인가 보다 하고 시를 쓰며 삽니다.

오늘은 여러분들도 시인이 되어보는 시간을 마련했습니다.

단어 두 개를 건네 드릴 테니 삼행시를 완성해보세요.

은 _____

하 _____

수 _____

소 _____

나 _____

무 _____

다음 장으로 넘어가 자유롭게 글을 지어봅시다.

꿈밭에 봄마음

굽이진 돌담을 돌아서 돌아서
달이 흐른다 놀이 흐른다
하이얀 그림자
은실을 즈르르 몰아서
꿈밭에 봄마음 가고 가고 또 간다

; 시를 낭독하면
시의 맛을 알게 되고,
시를 쓰면 시의 깊이에 닿을 수 있습니다.
시를 소리 내어 읽어도 보고
달이 하늘을 가는 길을 따라가듯이
시를 필사해보세요.

다정히도 불어오는 바람

_____ 김영랑

다정히도 불어오는 바람이길래
내 숨결 가볍게 실어 보냈지
하늘가를 스치고 휘도는 바람
어이면 한숨만 몰아다 주오

; 앞 장에서

김영랑의 시 '꿈밭에 봄마음'을

낭독하고 필사하며

시의 맛과 깊이를 느낄 수 있었나요?

이번에는 시의 단어들을

맞이할 수 있도록

왼손으로 시를 한번 필사해보세요.

그리고 그 서툰 글씨들을 오래 바라보세요.

사랑하라, 한 번도
상처 받지 않은 것처럼

_____ 알프레드 디 수자

춤추라, 아무도 바라보고 있지 않은 것처럼.
사랑하라, 한 번도 상처 받지 않은 것처럼.
노래하라, 아무도 듣고 있지 않은 것처럼.
일하라, 돈이 필요하지 않은 것처럼.
살라, 오늘이 마지막 날인 것처럼.

; 알프레드 디 수자의 시를
마음대로 다시 써보며
자신이 추구하는
삶의 가치와 마주해봐요.

춤추라,
....

사랑하라,
....

노래하라,
....

일하라,
....

살라,
....

만일 내가 인생을 다시 산다면

_____ 나딘 스테어

만일 내가 인생을 다시 산다면
이번에는 더 많이 실수하리라
느긋하고 유연하게 살리라
그리고 좀 더 철없이 굴리라
되도록 심각해지지 않고
보다 많은 기회를 놓치지 않으리라

더 많이 여행하고
더 많이 산에 가고 더 많이 강에서 수영하리라
아이스크림을 더 많이 먹고
먹고 싶은 것을 참지 않고 먹으리라
아마도 현실적인 문제들이 생기겠지만
상상 속 괴로움은 줄어들리라

나는 매일매일을 건전하게 살았던 사람
물론 좋을 때도 있었지

긴 세월을 미리 걱정하지 않고
매 순간순간을 즐기며 살리라

나는 체온계와 보온병, 레인코트, 낙하산 없이는
어디에도 가지 못하던 사람

만일 내가 인생을 다시 산다면
이번에는 더 가볍게 여행하리라
이른 봄부터 신발을 벗어던지고 늦가을까지 맨발로 지내리라
더 많이 춤추고 더 많이 회전목마를 타고
더 많은 데이지꽃을 따리라
만일 내가 인생을 다시 산다면라

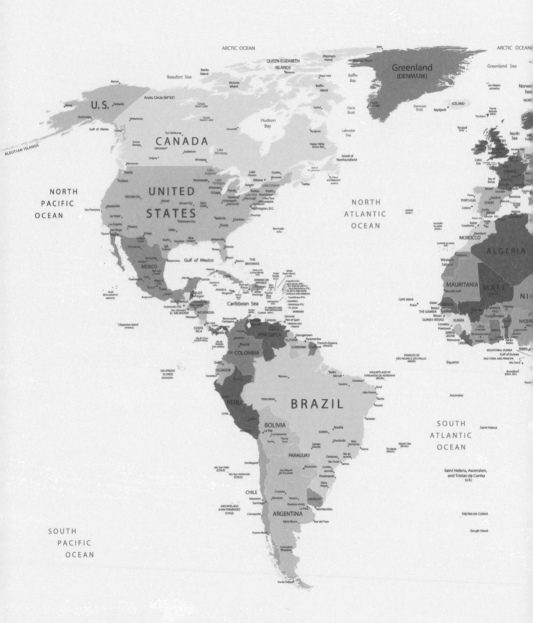

; 떠났던 곳과 떠나고 싶은 곳을 표시해보세요.

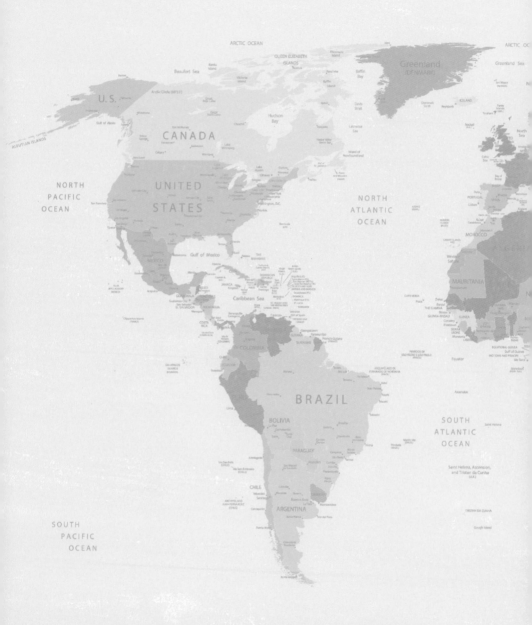

지 난 발 자 국

—————————— 정현종

지난 하루를 되짚어
내 발자국을 따라가노라면
사고의 힘줄이 길을 열고
느낌은 깊어져 강을 이룬다―깊어지지 않으면
시간이 아니고, 마음이 아니니.
되돌아보는 일의 귀중함이여
마음은 싹튼다 조용한 시간이여.

; 여러분의 오늘은 어땠나요?

오늘 하루를 어떤 기분으로 시작했나요?

오늘 하루 중 가장 좋았던 시간은 언제였나요?

오늘 나를 걱정하게 만들었던 것은 무엇이었나요?

오늘 누구를 만났나요?

오늘 어떤 음식을 먹고 마셨나요?

오늘 감사한 일이 있었나요?

오늘 보고 들은 것 중 가장 인상적인 것은 무엇이었나요?

오늘 하려고 했는데 하지 못한 일이 있었나요?

오늘 하루를 세 단어로 압축해볼까요?

내일은 어떤 날이 되었으면 좋겠나요?

참 맑은 물살

곽재구

참 맑은 물살
발가락 새 헤적이네
애기 고사리순 좀 봐
사랑해야 할 날들
지천으로 솟았네
어디까지 가나
부르면 부를수록
더 뜨거워지는 너의 이름

참 고운 물살
머리카락 풀어 적셨네
출렁거리는 산들의
부신 허벅지 좀 봐
아무 때나 만나서
한몸되어 흐르는
눈물나는 저들 연분홍 사랑 좀 봐.

; 우리는 바쁘다는 핑계로 미루면 안 되는 것을 미루고 삽니다. 행복을 미뤄서 그 행복이 세상 어딘가에 쌓여 있으면 얼마나 좋겠습니까. 지나가 버린 행복은, 놓쳐 버린 행복은 다시 찾아오지 못합니다. 사랑도 그렇습니다. 사랑을 미루면 그 사랑이 어딘가에 서 있지 않습니다. 지나가 버리지요. 다시는 오지 않을 순간들이 우리들에게 있습니다. 지금, 바로 지금 그 사람에게 편지를 쓰세요. 문자를 보내세요. 그이에게 보낼 문자를 여기 적어보세요. 편지를 써보세요.

봄 밤

_____ 노자영

껴안고 싶도록
부드러운 봄밤!

혼자 보기는 너무도 아까운
눈물 나오는 애타는 봄밤!

창 밑에 고요히 대글거리는
옥빛 달 줄기 잠을 자는데
은은한 웃음에 눈을 감는
살구꽃 그림자 춤을 춘다.
야앵 우는 고운 소리가
밤놀을 타고 날아오리니
행여나 우리 님
그 노래를 타고
이 밤에 한번 아니 오려나!

껴안고 싶도록
부드러운 봄밤

우리 님 가슴에 고인 눈물을
네가 가지고 이곳에 왔는가?……

아! 혼자 보기는 너무도 아까운
눈물 나오는 애타는 봄밤!
살구꽃 그림자 우리집 후원에
고요히 나붓기는데
님이여! 이 밤에 한번 오시어
저 꽃을 따서 노래하소서.

; 봄이 오면 나는 설레고 마음이 부산해집니다. 추운 겨울이 지나고 봄볕이 얼굴을 드러내면 땅에서는 풀들이 돋아나잖아요. 땅바닥에 엎드려 피어난 풀꽃들을 따라다니다 보면 내가 살아 있다는 것을 느끼게 됩니다. 어느 봄날 일어난 내 마음은 나의 시 〈봄날〉에 고스란히 담겨 있습니다.

나 찾다가
텃밭에
흙 묻은 호미만 있거든
예쁜 여자랑 손잡고
섬진강 봄물을 따라
매화꽃 보러 간 줄 알아라

꽃이 피고 새가 우는 봄날 여러분은 어떤 생각을 하며 지내시나요?
봄이면 떠오르는 단어나 풍경, 노랫말, 봄을 즐기는 방법 등을 적어보세요.

엄마가 휴가를 나온다면

_____ 정채봉

하늘나라에 가 계시는
엄마가
하루 휴가를 얻어 오신다면
아니 아니 아니 아니
반나절 반시간도 안 된다면
단 5분
그래, 5분만 온대도 나는
원이 없겠다

얼른 엄마 품속에 들어가
엄마와 눈맞춤을 하고
젖가슴을 만지고
그리고 한 번만이라도
엄마!
하고 소리내어 불러보고
숨겨놓은 세상사 중
딱 한 가지 억울했던 그 일을 일러바치고
엉엉 울겠다

; 이 시는 제가 엮은《내가 아주 작았을 때》라는 동시 필사책에 실렸던 시입니다. 같은 시리즈에 같은 시를 싣는 건 좀 그렇지만, 이 시를 좀 더 많은 독자들이 읽었으면 하는 생각에서 다시 한 번 소개합니다. 곧 일흔을 바라보는 저도 이 시를 읽고 있으면 자꾸 엄마가 보고 싶어요. 엄마를 다시 만난다면 꼭 하고 싶은 말이나 꼭 같이 하고 싶은 일들을 적어보세요. 오늘 밤 꿈에라도 엄마를 만날 수 있을지도 모르잖아요.

푸르른 날

———————— 서정주

눈이 부시게 푸르른 날은
그리운 사람을 그리워 하자

저기 저기 저, 가을 꽃 자리
초록이 지쳐 단풍 드는데

눈이 나리면 어이 하리야
봄이 또오면 어이 하리야

내가 죽고서 네가 산다면!
네가 죽고서 내가 산다면?

눈이 부시게 푸르른 날은
그리운 사람을 그리워 하자

; 저는 늘 지금이 좋습니다.

싫든 좋든, 원하든 원하지 않든 지금 이 순간은 피할 수 없습니다.

피할 수 없다면 지금을 좋아하는 것이 현명한 일일 것입니다.

해결할 수 있으면 고민하고, 해결할 수 없는 일 같으면 천천히 잊어버리세요.

지금 잊고 싶은 것이나, 지금 하고 싶은 것 중 하나를

이 동그라미 안에 써보세요.

머 물 지 마 라

_____ 허허당

불이 나면 꺼질 일만 남고
상처가 나면 아물 일만 남는다
머물지 마라, 그 아픈 상처에

; 마음도
다 두고 떠나는
이사가 필요합니다.
살면서 받은 상처와 마주하는 순간
상처는 이미 떠날 준비가 다 된 상태입니다.
상처받은 순간을 글로 적어보세요.

세상에 상처 없는 영혼은 없습니다.

이제
다음 장으로 넘어가세요.

색연필로 오른쪽 그림을 색칠하며
마음의 빈 공간을 메꾸어보세요.

《베니의 컬러링 일기》 중에서.
(구작가 지음, 예담)

행복 2

———————— 나태주

저녁 때
돌아갈 집이 있다는 것

힘들 때
마음속으로 생각할 사람 있다는 것

외로울 때
혼자서 부를 노래 있다는 것.

; 소중한 것들이 그냥 스쳐 지나가 버립니다.

지나놓고 나서야,

그것이 내게 지나치면 안 되는 소중한 것이었다는 것을 깨닫게 됩니다.

그때 내가 이랬어야 했는데,

하는 것 한 가지를 아주 짧게 써보세요.

오랫동안 깊이 생각함

_____ 문태준

이제는 아주 작은 바람만을 남겨둘 것

흐르는 물에 징검돌을 놓고 건너올 사람을 기다릴 것

여름 자두를 따서 돌아오다 늦게 돌아오는 새를 기다릴 것

꽉 끼고 있던 깍지를 풀 것

너의 가는 팔목에 꽃팔찌의 시간을 채워줄 것

구름수레에 실려가듯 계절을 갈 것

저 풀밭의 여치에게도 눈물을 보태는 일이 없을 것

누구를 앞서겠다는 생각을 반절 접어둘 것

; 나는 어떤 모습으로 나이 들고 싶은지,
어떤 것을 잃고 싶지 않은지 적어보세요.

이렇게 나이 들고 싶다

영원히 간직하고 싶다

좋은 기쁜 날

_____ 이시영

아침부터 까치 한 쌍이 머리 위의 온 하늘을 가르며 짖고 까불고,
생각느니 내게도 저리 기쁜 날이 있었던가

; 우리 기억 속에는

반드시 기쁜 날이 숨어 있습니다.

살면서 가장 기뻤던 날은 언제였나요?

───────────────────────────

작년에 가장 기뻤던 일은 무엇인가요?

───────────────────────────

오늘 가장 기뻤던 일은 무엇인가요?

───────────────────────────

그리고

살면서 누군가를 가장 기쁘게 했던 일은 무엇인가요?

───────────────────────────

최근 가까운 누군가를 웃게 한 적이 있었나요?

───────────────────────────

우리에겐

함께 기뻐할 누군가가

반드시 존재합니다.

구름의 주차장

———————— 함민복

구름의 주차장에서
구름을 기다렸네
구름은 오다
구름을 버리고 흩어졌네
눈알을 달래
마음을 풀었네
눈알과 마음을 믿은 죄로
세월은 가고 나는 늙어
구름에서 멀어지고 있네
나는
나를 타고 움직이고 있었네

; 시를 필사하고 다음 장으로 넘어가세요.

; 살다 보면
가는 길이 꽉 막힐 때가 있습니다.
길이 안 보이는 산 앞에 서 있을 때가 있습니다.
그러나,
놀랍게도
없는 길을 내가 내며 갈 수밖에 없다는 것을 알게 됩니다.
그리하여 인생은

늘 새로운 길을
내가 내며 가게 됩니다.

그 누구도, 그 누가 내놓은 길을 갈 수 없습니다.
새로운 삶이,
새로 내야 할 길이
지금 내 앞에 있습니다.
각기 다른 길들이 모여 인생이라는 큰 길이 됩니다.

다음 장의 명언을 읽으며 자신감을 충전하세요.

인생은 흘러가는 것이 아니라
채워지는 것이다.
우리는 하루하루를 보내는 것이 아니라
내가 가진 무엇으로
채워가는 것이다.
_존 러스킨

우리의 인생은
우리가 노력한 만큼
가치가 있다.
_프랑수아 모리아크

오랫동안 꿈을 그려온 사람은
마침내 그 꿈을 닮아간다.
_앙드레 말로

노력할수록
행운이 온다.
_토머스 제퍼슨

인생에서 원하는 것을 얻기 위한
첫 번째 단계는
내가 무엇을 원하는지
결정하는 것이다.
_벤 스타인

한 번도 실수를 해보지 않은 사람은
한 번도 새로운 것을 시도한 적이 없는 사람이다.
_알버트 아인슈타인

봉 선 화

──────── 이장희

아무것도 없던 우리집 뜰에
언제 누가 심었는지 봉선화가 피었네.
밝은 봉선화는
이 어두컴컴한 집의 정다운 등불이다.

; 가장 좋아하는 문학 작품이 무엇이냐는 질문을 받고는
문득 내가 좋아하는 것들이 무엇일까 생각해본 적이 있습니다.
여러분도 한번 적어보세요.
신기하게도 동심으로 돌아간 것처럼 기분이 좋아집니다.

내가 가장

좋아하는 계절은 _____   좋아하는 색깔은 _____

좋아하는 꽃은 _____   좋아하는 음식은 _____

좋아하는 과일은 _____   좋아하는 시간은 _____

좋아하는 영화는 _____   좋아하는 음악은 _____

좋아하는 책은 _____   좋아하는 작가는 _____

좋아하는 미술가는 _____   좋아하는 운동은 _____

좋아하는 연예인은 _____   좋아하는 TV 프로그램은 _____

좋아하는 장소는 _____   좋아하는 동물은 _____

좋아하는 단어는 _____   좋아하는 물건은 _____

좋아하는 여행지는 _____   좋아하는 친구는 _____

그리고 좋아하는 것들은

_____

_____

_____

잃 어 버 린 시 간

──────────── 자크 프레베르

공장 앞에서
노동자는 문득 발을 멈춘다
화창한 날씨가 옷깃을 당긴다
그는 고개를 돌리고
빨갛고 둥그런 태양을
하늘에서 미소 짓는 태양을
친근하게 바라본다
이봐, 태양아
참으로 바보짓이 아닐까
이런 날 하루를 몽땅
사장한테 바친다는 건

; 지금 시를 읽고 있는 여러분에게

여러분의 스마트폰은 얼마만큼 가까이에 있나요?
하루에 스마트폰을 얼마나 보나요?
스마트폰으로 어떠한 일들을 하나요?
스마트폰으로 가장 많이 하는 일은 무엇인가요?
자기 전에도 스마트폰을 보나요?

그럼 여러분.
오늘 하루
하늘을 한 번이라도 본 적이 있나요?

우리는 가끔 스스로 놓치며 사는 것들이 있습니다.
내일 아침에는 이어폰을 빼고 길을 걸으며
하늘을 바라보세요.
아침의 소리를 들어보세요.
삶의 다른 풍경을 만날 수 있습니다.

편 지

_____ 김남조

그대만큼 사랑스러운 사람을 본 일이 없다 그대만큼 나를 외롭게 한 이도 없었다 이 생각을 하면 내가 꼭 울게 된다

그대만큼 나를 정직하게 해준 이가 없었다 내 안을 비추는 그대는 제일로 영롱한 거울, 그대의 깊이를 다 지내가면 글썽이는 눈매의 내가 있다 나의 시작이다

그대에게 매일 편지를 쓴다 한 구절 쓰면 한 구절을 와서 읽는 그대, 그래서 이 편지는 한 번도 부치지 않는다

; 저는 편지를 많이 쓰며 살았습니다.
산골 마을에서 외롭게 살았기 때문이지요.
편지는 세상으로 통하는
나의 유일한 길이기도 했습니다.
때로는 편지가 시가 되기도 했습니다.
어느 날은 편지를 써서 부쳤는데,
보낸 편지가 너무 시 같아서
다시 편지를 썼습니다.
어제 보낸 편지를 다시 돌려 달라고요.

지금 편지를 쓰고 싶은 사람이 있다는 것은
세상으로 나가는 길이 있다는 증거입니다.

그이에게 지금 편지를 써보세요.
편지는 늘 간절하고 절절합니다.

도 토 리 꿈

──────────── 이향지

모든 도토리가 모두 상수리나무 되는 것 아니다
아니다
모든 도토리는 상수리나무가 되고 싶다

; 도토리나무는 상수리나무가 될 수 없습니다.

상수리나무도 도토리나무가 될 수 없지요.

도토리나무는 도토리나무대로, 상수리나무는 상수리나무대로

자기 자신을 귀하고 소중하게 가꾸는 것이 인생입니다.

여러분은 어떤 나무인가요?

겨울밤

박용래

잠 이루지 못하는 밤 고향집 마늘 밭에 눈은 쌓이리
잠 이루지 못하는 밤 고향집 추녀 밑 달빛은 쌓이리
발목을 벗고 물을 건너는 먼 마을
고향집 마당귀 바람은 잠을 자리

; 조용히 눈을 감고
시 속의 풍경을 상상해보세요.
고요한 마을, 눈 쌓인 고향집, 지붕을 비추는
달빛을 통해
고향집에 대한
시인의 그리움이 쌓여 있습니다.
여러분에게도
눈에 아른거리는
풍경이 있을 겁니다.
잊을 수 없었던 순간의 풍경을
눈을 감고

조

용

히

떠올려보세요.

여 유

———————— 윌리엄 헨리 데이비스

이것이 무슨 인생인가, 근심으로 가득 차
잠시 멈춰 서 바라볼 시간 없다면

나뭇가지 아래서 양과 소처럼 순수한 눈길로
펼쳐진 풍경을 바라볼 시간 없다면

숲을 지나며 수풀 속에 도토리 숨기는
작은 다람쥐들을 바라볼 시간 없다면

한낮에도 마치 밤하늘처럼 반짝이는 별들을
가득 품은 시냇물을 바라볼 시간 없다면

아름다운 여인의 다정한 눈길에 고개를 돌려
춤추는 그 고운 발을 바라볼 시간 없다면

눈가에서부터 시작된 그녀의 환한 미소가
입가로 번질 때까지 기다릴 시간 없다면

이 얼마나 가여운 인생인가, 근심으로 가득 차
잠시 멈춰 서 바라볼 시간 없다면

; 시의 제목처럼 잠시 여유를 갖고

어린 시절에 했던 놀이를 같이 해봅시다.

끝말잇기, 다들 아시죠?

자, 제가 먼저 시작합니다.

첫 단어는 제가, 두 번째 단어는 편집자가, 세 번째 단어는 디자이너가

네 번째 단어부터는 여러분이 이어갑니다.

시간 날 때마다 틈틈이 빈 칸을 채워보세요.

나무 – 무지개 – 개똥철학 – ⬜ – ⬜ – ⬜ –

⬜ – ⬜ – ⬜ – ⬜ –

⬜ – ⬜ – ⬜ – ⬜ –

⬜ – ⬜ – ⬜ – ⬜ –

⬜ – ⬜ – ⬜ – ⬜ –

강

혼자서는 건널 수 없는 것
오랜 날이 지나서야 알았네
갈대가 눕고 다시 일어나는 세월,
가을빛에 떠밀려 헤매기만 했네

한철 깃든 새들이 떠나고 나면
지는 해에도 쓸쓸해지기만 하고
얕은 물에도 휩싸이고 말아
혼자서는 건널 수 없는 것

; 이 시를 읽으니 인생에 관한 글 한 토막이 생각납니다.

성자에게 물었다.
"인생에서 어느 때가 가장 중요합니까?"
"현재가 가장 중요하다.
왜냐하면 그대가 살고 있는 순간이
바로 지금이기 때문이다."

"어떤 사람이 가장 중요합니까?"
"지금 그대가 관계를 맺고 있는 사람이다.
왜냐하면 이후 어떤 사람과 관계를 맺게 될지
모르는 까닭이다."

"어떤 일이 가장 중요합니까?"
"그대에게 가장 중요한 일은
그 사람들과 사랑하며 화합하는 일이다.
왜냐하면 모든 사람은
서로 사랑하기 위해 이 세상에 태어났기 때문이다."

_레프 톨스토이

인생은 혼자가 아닙니다.
지금 바로 당신 곁에 있는 사람의 얼굴을 다시 한 번 바라보세요.
그 사람이 새로 보이면 그게 사랑입니다.

지금은 우리가

_____ 박준

그때 우리는
자정이 지나서야

좁은 마당을
별들에게 비켜주었다

새벽의 하늘에는
다음 계절의
별들이 지나간다

별 밝은 날
너에게 건네던 말보다

별이 지는 날
나에게 빌어야 하는 말들이

더 오래 빛난다

; 간직하고 싶은 말이나 글을 적어보세요.
펜으로 써서 간직하면 더 오래오래 빛날 테니까요.

인 간 의   시 간

──────── 김행숙

우리를 밟으면 사랑에 빠지리
물결처럼

우리는 깊고
부서지기 쉬운

시간은 언제나 한가운데처럼

；　가만가만 시를 옮겨 적어보세요.
필사한 후에는 다음 장으로 넘어가 그림을 감상하세요.

〈여름(한 쌍의 연인이 있는 풍경)〉, 카스파르 다비드 프리드리히

밤

_____ 김동명

밤은
푸른 안개에 싸인 호수,
나는
잠의 쪽배를 타고 꿈을 낚는 어부다.

; 찰스 디킨스는 소설의 이야기를
전부 꿈을 통해 얻었고,
폴 메카트니는 꿈에서 들은 멜로디에
가사를 붙여 'Yesterday'를 작곡했습니다.
꿈에서 얻은 영감이나
평소에 나에게 영감을 주는 것들을
적어보세요.

그 사람을 가졌는가

만릿길 나서는 길
처자를 내맡기며
맘놓고 갈 만한 사람
그 사람을 그대는 가졌는가

온 세상 다 나를 버려
마음이 외로울 때에도
'저 맘이야' 하고 믿어지는
그 사람을 그대는 가졌는가

탔던 배 꺼지는 시간
구명대 서로 사양하며
"너만은 제발 살아다오" 할
그 사람을 그대는 가졌는가

〔마지막 숨 넘어오는 순간
그 손을 부썩 쥐며,
'여보게 이 조선을' 할
그 사람을 그대는 가졌는가〕

불의의 사형장에서
"다 죽여도 너희 세상 빛을 위해
저만은 살려두거라" 일러줄
그 사람을 그대는 가졌는가

잊지 못할 이 세상을 놓고 떠나려 할 때
"저 하나 있으니" 하며
빙긋이 웃고 눈을 감을
그 사람을 그대는 가졌는가

온 세상의 찬성보다도
"아니" 하고 가만히 머리 흔들 그 한 얼굴 생각에
알뜰한 유혹을 물리치게 되는
그 사람을 그대는 가졌는가

〔가졌거든 그대는 행복이니라
그도 행복이니라
그 둘을 가지는 이 세상도 행복이니라
그러나 없거든 거친 들에 부끄럼뿐이니라〕

; '그 사람'을 가진 사람은
세상을 다 가진 게 아닐까요?
우리도 언젠가
반드시
'그 사람'을
만날 겁니다.

내 곁에서
나를 지지하고
응원하는
친구들의 이름을
적어보세요.

이 페이지는
평생 동안
여러분이 간직해야 할
보물이 될 것입니다.

나의 보물

정미네

──────── 신미나

장마 지면 정미네 집으로 놀러 가고 싶다 정미네 가서 밍크이불을 덮고 손톱이 노래지도록 귤을 까먹고 싶다 김치전을 부쳐 쟁반에 놓고 손으로 찢어 먹고 싶다

새로 온 교생은 뻐드렁니에 편애가 심하고 희정이는 한뼘도 안되는 치마를 입는다고 흉도 볼 것이다 말 없는 정미는 응 그래, 싱겁게 웃기만 할 것이다

나는 들여놓은 운동화가 젖는 줄도 모르고 집에 갈 생각도 않는다 빗물 튀는 마루 밑에서 강아지도 비린내를 풍기며 떨 것이다

불어난 흙탕물이 다리를 넘쳐나도 제비집처럼 아늑한 그 방, 먹성 좋은 정미는 엄마 제사 지내고 남은 산자며 약과를 내올 것이다

; 생각해보면 하고 싶은 일들이 참 많습니다.

빈칸을 채워보세요.

저부터 시작할게요.

어머니가 병상에서 일어나시면 손 붙잡고 섬진강 벚꽃길을 함께 걷고 싶다.

_____ 싶다.

_____ 싶다.

_____ 싶다.

_____ 싶다.

_____ 싶다.

_____ 싶다.

_____ 싶다.

_____ 싶다.

_____ 싶다.

위에 적은 풍경을 눈을 감고 상상해보세요.

Part. 2

아무도 못 본
그 외로움에
나는
물을 주었다

잠깐 동안

———————— 황동규

잠깐!
삶이 잠깐 동안이라는 말이 위안을 준다.
잠깐이 몇 섬광인가?

; 잠깐!
그동안 잊고 살았던 아주 작은 일 하나를
지금 해봅시다.

밤에 나가 별 찾아보기

엄마 얼굴 들여다보기

남편 코 한번 툭 쳐보기

보고 싶은 사람에게 안부 문자 보내기

아니면 그냥 심심함을 한번 견디어보기

그리고 _____

_____

_____

_____

어떤 경우

_____ 이문재

어떤 경우에는
내가 이 세상 앞에서
그저 한 사람에 불과하지만

어떤 경우에는
내가 어느 한 사람에게
세상 전부가 될 때가 있다.

어떤 경우에도
우리는 한 사람이고
한 세상이다

; 우리는 서로에게 없어서는 안 될
소중한 사람입니다.
누군가에게 세상 전부일 만큼 소중한 존재입니다.
소중한 나를 스스로 칭찬해보세요.

초보자에게 주는 조언

_____ 엘렌 코트

시작하라, 다시 또다시 시작하라.
모든 것을 한입씩 물어뜯어 보라.
또 가끔 도보 여행을 떠나라.
자신에게 휘파람 부는 법을 가르치라. 거짓말도 배우고.
나이를 먹을수록 사람들은 너 자신의 이야기를
듣고 싶어 할 것이다. 그 이야기를 만들라.
돌들에게도 말을 걸고
달빛 아래 바다에서 헤엄도 쳐라.
죽는 법을 배워 두라.
빗속을 나체로 달려 보라.
일어나야 할 모든 일은 일어날 것이고
그 일들로부터 우리를 보호해줄 것은 아무것도 없다.
흐르는 물 위에 가만히 누워 있어 보라.
그리고 아침에는 빵 대신 시를 먹으라.
완벽주의자가 되려 하지 말고
경험주의자가 되라.

; 늦지 않았습니다.
죽기 전에 꼭 하고 싶은
나만의 버킷 리스트 100가지를 써보세요.
100가지를 당장 채울 수 없다면
생각이 날 때마다
하나씩 하나씩 채워 나가세요.
그리고
있는 힘껏
하나씩 하나씩 실천하세요.

우리는 목적지에 다다라야 비로소 행복해지는 것이 아니라
여행하는 과정에서 행복을 느낀다.

_앤드류 매튜스

나의 100가지 버킷 리스트

- [ ] 1. _____
- [ ] 2. _____
- [ ] 3. _____
- [ ] 4. _____
- [ ] 5. _____
- [ ] 6. _____
- [ ] 7. _____
- [ ] 8. _____
- [ ] 9. _____
- [ ] 10. _____
- [ ] 11. _____
- [ ] 12. _____
- [ ] 13. _____
- [ ] 14. _____
- [ ] 15. _____
- [ ] 16. _____
- [ ] 17. _____
- [ ] 18. _____
- [ ] 19. _____
- [ ] 20. _____

☐ 21. _____

☐ 22. _____

☐ 23. _____

☐ 24. _____

☐ 25. _____

☐ 26. _____

☐ 27. _____

☐ 28. _____

☐ 29. _____

☐ 30. _____

☐ 31. _____

☐ 32. _____

☐ 33. _____

☐ 34. _____

☐ 35. _____

☐ 36. _____

☐ 37. _____

☐ 38. _____

☐ 39. _____

☐ 40. _____

☐ 41. _____

☐ 42. _____

☐ 43. _____

☐ 44. _____

☐ 45. _____

☐ 46. _____

☐ 47. _____

☐ 48. _____

☐ 49. _____

☐ 50. _____

☐ 51. _____

☐ 52. _____

☐ 53. _____

☐ 54. _____

☐ 55. _____

☐ 56. _____

☐ 57. _____

☐ 58. _____

☐ 59. _____

☐ 60. _____

- [ ] 61. _____
- [ ] 62. _____
- [ ] 63. _____
- [ ] 64. _____
- [ ] 65. _____
- [ ] 66. _____
- [ ] 67. _____
- [ ] 68. _____
- [ ] 69. _____
- [ ] 70. _____
- [ ] 71. _____
- [ ] 72. _____
- [ ] 73. _____
- [ ] 74. _____
- [ ] 75. _____
- [ ] 76. _____
- [ ] 77. _____
- [ ] 78. _____
- [ ] 79. _____
- [ ] 80. _____

- [ ] 81. _____
- [ ] 82. _____
- [ ] 83. _____
- [ ] 84. _____
- [ ] 85. _____
- [ ] 86. _____
- [ ] 87. _____
- [ ] 88. _____
- [ ] 89. _____
- [ ] 90. _____
- [ ] 91. _____
- [ ] 92. _____
- [ ] 93. _____
- [ ] 94. _____
- [ ] 95. _____
- [ ] 96. _____
- [ ] 97. _____
- [ ] 98. _____
- [ ] 99. _____
- [ ] 100. _____

꿈은 머리로 생각하는 것이 아니라
가슴으로 느끼고,
손으로 적고 발로 실천하는 것이다.

_존 고다드

가 장   이 상 한   세   단 어

_____ 비스와바 쉼보르스카

내가 "미래"라는 낱말을 입에 올리는 순간,
그 단어의 첫째 음절은 이미 과거를 향해 출발한다.

내가 "고요"라는 단어를 발음하는 순간,
나는 이미 정적을 깨고 있다.

내가 "아무것도"라고 말하는 순간,
나는 이미 무언가를 창조하게 된다.
결코 무(無)에 귀속될 수 없는
실재하는 그 무엇인가를.

; 우리가 기대고 살아온 말들은,
자기만의 경험을 간직하고 있습니다.
내 인생의 사전을 만들어봅시다.

김용택의 진심 마음과 마음의 통로. 사람의 마음을 하나로 만드는 것

이해 남의 아픔이 내 아픔이 되는 순간

긍정 나도 인정하고 남도 인정하는 것

나의 진심 _____

이해 _____

긍정 _____

감사 _____

용서 _____

우정 _____

도전 _____

감동 _____

책임 _____

종 달 새

_____ 권오훈

하늘 높이 높이에서
까불대는
종달새 한 마리.

찬바람에 날리듯
빛으로 반짝, 나타났다가
하늘빛 속으로 숨어들고
이내
또 빛을 감고
수/ 직/ 으/ 로/
떨어져서는
콕!
보리밭에 박힌다.

쪼로롱!
종달새소리가 까무러친다.
보리싹이 파래진다.

; 자연이 하는 말에 귀 기울인 적이 언제였던가요?
어린 시절 국어책에서 보았던 동물 울음소리를 적어보세요.
고개를 갸우뚱하게 만드는 동물에게는 새로운 울음소리를 만들어주세요.
의성어를 적어보며 잠시 동심으로 떠나봅시다.

종달새는 _조로롱_ 소쩍새는 _____ 매미는 _____

강아지는 _____ 돼지는 _____ 오리는 _____

참새는 _____ 뻐꾸기는 _____ 까마귀는 _____

고양이는 _____ 닭은 _____ 소는 _____

귀뚜라미는 _____ 개구리는 _____ 부엉이는 _____

사자는 _____ 늑대는 _____ 쥐는 _____

말은 _____ 염소는 _____ 양은 _____

병아리는 _____ 다람쥐는 _____ 사슴은 _____

돌고래는 _____ 원숭이는 _____ 공룡은 _____

뱀은 _____ 기린은 _____ 펭귄은 _____

엽서 한 장에

_____ 최계락

무엇을 쓸까
엽서
한 장에

적을 말이 없구나
엽서
한 장에

긴
이야기는
턱을 괴고

책상 앞에
앉아서
밤은
깊은데

아빠 따라
멀리
서울로 간
영수야,

적을 말이
없어서
엽서
한 장에

쓸 얘기가 없어서
엽서
한 장에.

; 그리운 사람에게

엽서 한 장

떠워보세요.

POSTCARD

농담 한 송이

_____ 허수경

한 사람의 가장 서러운 곳으로 가서
농담 한 송이 따서 가져오고 싶다
그 아린 한 송이처럼 비리다가
끝끝내 서럽고 싶다
나비처럼 날아가다가 사라져도 좋을 만큼
살고 싶다

; 여러 번 되풀이하여 읽을수록
시의 의미가 더 크게 다가오는 작품입니다.
살고 싶다, 살고 싶다, 살고 싶다…….
마음으로 필사해보세요.

어떤 물음

윤희상

가끔 찾아가는 돈가스집 주인은
지난해까지 서점 주인이었다
그래서 책표지를 잘 싼다

내가 가방에서 두 권의 책을 꺼내
돈가스집 주인에게
책표지를 싸달라고 했다

한 권은 불교 법요집이고
한 권은 기독교 성경 해설집이다

돈가스집 주인은
책표지를 싸다가
나에게 낮은 목소리로 물었다

"죽어서 어디로 갈라고 그러요?"

; 우리 동네는 책을 읽는 사람이 없었습니다. 그래서 저는 초중등학교에 다닐 때까지 교과서 외에 다른 책을 읽지 못했습니다. 초등학교 선생이 되어 처음 책을 읽기 시작했습니다. 그런데 지금은 책이 꽤 모였습니다. 책장에 꽂아 정리해둔 책을 이따금, 하나하나 바라볼 때가 있습니다. 그때 그 시절이 생각납니다. 문득, 너무나 낯익은 책이 눈에 띕니다. 아아, 하며 다시 읽을 때가 있습니다. 그때만큼의 감동은 없지만, 다시 그 시절을 생각하며 마음을 새로 다지기도 합니다. 지금 책장을 한번 둘러보세요. 풋풋했던 그 옛날로 돌아가 보세요.

현재 내가 가지고 있는 책은 총 _____ 권

읽은 책은 _____ 권   사놓고 읽지 않은 책은 _____ 권

이 중 가장 좋아하는 책은 _____

이 중 가장 좋아하는 작가는 _____

이 중 가장 좋아하는 장르는 _____

읽었지만 다시 한 번 읽고 싶은 책

_____

읽지 않은 책 중에서 꼭 읽고 싶은 책

_____

앞으로 관심을 가져보고 싶은 장르

_____

다른 사람에게 추천하고 싶은 책과 그 이유

_____

_____

마음

_____ 김광섭

나의 마음은 고요한 물결
바람이 불어도 흔들리고
구름이 지나도 그림자 지는 곳

돌을 던지는 사람
고기를 낚는 사람
노래를 부르는 사람

이리하여 이 물가 외로운 밤이면
별은 고요히 물 위에 뜨고
숲은 말없이 물결을 재우나니

행여 백조가 오는 날
이 물가 어지러울까
나는 밤마다 꿈을 덮노라

; 나는 스물두 살 때 선생이 되어
처음 책을 읽게 되었습니다.
책을 읽다 보니 너무 생각이 많이 났습니다.
생각이 많아 마음속에 쌓여가는 생각들을
일기로 쓰기 시작했습니다.
일기를 쓰다 보니 어느 날
내가 시를 쓰고 있어서
내가 내게 깜짝 놀랐습니다.
그래서 시인이 되었습니다.

처음에는 나도 모르는 글을 쓰다가
어느 날은 나만 아는 글을 쓰고
어느 날 나는 드디어 남도 이해하는 시를 썼습니다.

오늘 하루도
무사히 살아낸 여러분도
하루를 일기로 정리해보세요.
오늘과는 다른
내일 아침이 있을 것입니다.

소 나 기
-연화리 시편 25

_____ 곽재구

저물 무렵
소나기를 만난 사람들은
알지
누군가를 고즈넉이 그리워하며
미루나무 아래 앉아 다리쉼을 하다가
그때 쏟아지는 소나기를 바라본
사람들은 알지
자신을 속인다는 것이
얼마나 참기 힘든 격정이라는 것을
사랑하는 이를 속인다는 것이
얼마나 참기 힘든 분노라는 것을
그 소나기에
가슴을 적신 사람이라면 알지
자신을 속이고 사랑하는 이를 속이는 것이
또한 얼마나 쓸쓸한 아름다움이라는 것을.

; 우리는 때로 거짓말을 합니다.

내가 했던 거짓말 중 기억나는 5가지를 적어보세요.

세상 그 누구도 몰랐던 거짓말 말입니다.

1.

왜?

결과

2.

왜?

결과

3.

왜?

결과

4.

왜?

결과

5.

왜?

결과

결혼 기차

_____ 문정희

어떤 여행도 종점이 있지만
이 여행에는 종점이 없다
죽음이 두 사람을 갈라놓기 전에
한 사람이 기차에서 내려야 할 때는
묶인 발목 중에 한쪽을 자르고 내려야 한다

오, 결혼은 중요해
그러나 인생이 더 중요해
결혼이 인생을 흔든다면
나는 결혼을 버리겠어

묶인 다리 한쪽을 자르고
단호하게 뛰어내린 사람도
이내 한쪽 다리로 서서
기차에 두고 온 발목 하나가
서늘히 제 몸을 부르는 소리를 듣는다
그래서 서둘러 다음 기차를 또 타기도 한다

때때로 차창 밖을 내다보며
그만 이번 역에서 내릴까 말까
아이들의 손목을 잡고
선반에 올려놓은 무거운 짐을 쳐다보다가
어느덧 노을 속을
무슨 장엄한 터널처럼 통과하는

종점이 없어 가장 편안한 이 기차에
승객은 좀체 줄어들지 않는다

; 공부는 자기 자신을 고치고 바꾸고
맞추는 일입니다.
이 세상에서 제일 공부를 많이 하는
학교는 부부 학교입니다.
늘 고치고 바꾸고 맞추어
새로 살아야 하기 때문입니다.

'부부는 실낱같은 외줄을 타며
생의 끝까지 가서 바닥을 치고 살아 돌아온,
인생의 승리자들이다.'

제가 쓴 책《내 곁에 모로 누운 사람》의
서문에 쓴 글입니다.

여러분에게 부부란, 결혼이란 어떤 의미인가요?
가정을 이루는 것에 대해 생각해보며
부부에 관한 격언을
한 줄 한 줄 되새기듯 읽어보세요.

행복한 결혼은 약속한 순간부터 죽는 날까지
지루하지 않은 기나긴 대화를 나누는 것과 같다.

_앙드레 모루아

임금이건 백성이건 자기 가정에서 평화를 발견하는 자가 가장 행복하다.

_요한 괴테

부부란 둘이 서로 반씩 되는 것이 아니라, 하나로서 전체가 되는 것이다.

_반 고흐

행복한 결혼의 비결은 간단하다. 그것은 가장 절친한 친구들을 대할 때처럼
서로 예절을 지키는 것이다.

_로버트 퀼렌

진실로 결합된 부부에게는 젊음의 상실도 이미 불행이 아니다.
함께 늙는 즐거움이 노인이 되는 괴로움을 망각시켜주기 때문이다.

_앙드레 모루아

결혼의 성공은 적당한 짝을 찾는 데 있는 것이 아니라
적당한 짝이 되는 데 있다.

_텐드우드

행복한 결혼 생활에서 중요한 것은 서로 얼마나 잘 맞는가보다
다른 점을 어떻게 극복해 나가느냐 하는 것이다.

_레프 톨스토이

결혼해보라. 당신은 후회할 것이다.
그러면 결혼하지 말라. 당신은 더욱 후회할 것이다.

_소크라테스

사과 없어요

김이듬

아 어쩐다, 다른 게 나왔으니, 주문한 음식보다 비싼 게 나왔으니, 아, 어쩐다,
짜장면 시켰는데 삼선짜장면이 나왔으니, 이봐요, 그냥 짜장면 시켰는데요, 아뇨,
손님이 삼선짜장면이라고 말했잖아요, 아 어쩐다, 주인을 불러 바꿔달라고 할까,
그러면 이 종업원이 꾸지람 듣겠지, 어쩌면 급료에서 삼선짜장면 값만큼 깎이겠
지, 급기야 쫓겨날지도 몰라, 아아 어쩐다, 미안하다고 하면 이대로 먹을 텐데, 단
무지도 갖다 주지 않고, 아아 사과하면 괜찮다고 할 텐데, 아아 미안하다 말해서
용서받기는커녕 몽땅 뒤집어쓴 적 있는 나로서는, 아아, 아아, 싸우기 귀찮아서
잘못했다고 말하고는 제거되고 추방된 나로서는, 아아 어쩐다, 쟤 입장을 모르는
바 아니고, 그래 내가 잘못 발음했을지도 몰라, 아아 어쩐다, 전복도 다진 야채도
싫은데

; 다른 사람에게 꼭 사과받고 싶은 일이나
너무나 억울했던 한 가지 일을 여기에다 적고
훌훌 털어버리세요.

청춘

_____ 강유정

비 내리는 단풍 끝 무슨 그리움이 남았는가
환하게 낡은 골목길 위로
우리는 젖어서 접었다 펴는 우산 사이
잠시 붉었다 지는 꽃이었다

; 방랑, 고뇌, 고민, 절망, 좌절, 실패 그리고 푸른 꿈, 하고 싶은 일, 이런 말들은 청춘들의 언어입니다. 모든 말들의 소용돌이 이후에 자기가 가야 할 길이 보입니다. 인생을 잘 살고 있는 사람들에게도 청춘 시절의 말이 있습니다. 늦고 더디고 천천히 가지만 좋아하는 일을 찾았다고 말합니다. 좋아하면 열심히 하고 열심히 하면 잘하게 됩니다. 잘하는 일을 평생 하며 사는 사람이 잘사는 사람이겠지요. 좋아하는 것을 찾아가는 방황은 청춘의 것입니다. 여기에 여러분이 가장 좋아하는 일을 적어보세요.

아름답게 나이 들게 하소서

_____ 칼 윌슨 베이커

아름답게 나이 들게 하소서
수많은 멋진 것들이 그러하듯이
레이스와 상아와 황금, 그리고 비단도
꼭 새것만이 좋은 것은 아니랍니다
오래된 나무에 치유력이 있고
오래된 거리에 영화가
영혼이 깃들듯이
이들처럼 저도 나이 들어감에 따라
더욱 아름다워지게 하소서

; 곱게 나이 들고 싶은 생각으로

필사해보세요.

세월이 가도 변하지 않는 것들,

오래될수록 아름다움이 빛을 발하는 것들이 무엇인지

적어보세요.

선 물

_____ 체스와프 미워시

아주 행복한 날
안개가 깔린 이른 아침
정원에서 나는 일하고 있었다
땅 위엔 갖고자 하는 것들이 아무것도 없었다
부러워할 만한 사람도 없었다
과거의 나쁜 일들은 모두 잊어버렸다
내가 누구였으며 또 누구인가 생각하기를 부끄러워하지 않았다
몸에서는 아무런 고통도 느껴지지 않았다
온몸을 활짝 펴 푸르른 바다와 돛단배를 바라보았다

; 때로 마음을 깨끗하게 한번 쓸어버리세요.

시간

유안진

현재는
가지 않고 항상 여기 있는데
나만 변해서
과거가 되어가네

; 짧고 인상적인 이 시를 읽고 나니 일본의 짧은 시 하이쿠 몇 편이 생각나서
여러분께 소개해드립니다. 간결해지는 삶의 의미를 생각하며 읽어보세요.

밤에 핀 벚꽃
오늘도 또한
옛날이 되어버렸네   가는 봄이여,
 고바야시 잇사   새는 울고,
              물고기의 눈엔 눈물   그물에도 걸리지 않고
               _마츠오 바쇼   밧줄에도 걸리지 않는
                        물속의 달   날은 춥지만
                        _요사 부손   둘이서 자는 밤이
                                든든하여라
                                _마츠오 바쇼

여름에는 저녁을

_____ 오규원

여름에는 저녁을
마당에서 먹는다
초저녁에도
환한 달빛

마당 위에는
멍석
멍석 위에는
환한 달빛
달빛을 깔고
저녁을 먹는다

숲속에서는
바람이 잠들고
마을에서는
지붕이 잠들고

들에는 잔잔한 달빛
들에는
봄의 발자국처럼
잔잔한 풀잎들

마을도
달빛에 잠기고
밥상도
달빛에 잠기고

여름에는 저녁을
마당에서 먹는다
밥그릇 안에까지
가득 차는 달빛

아! 달빛을 먹는다
초저녁에도
환한 달빛

; "야야, 빗 낯 든다!"

어머니는 이렇게 말하시며 장독을 덮고 일을 나가셨습니다.

그러면 비가 왔습니다.

어머니는 비의 얼굴을 미리 본 것입니다.

글을 모르는 우리 어머니는

자연이 하는 말과 자연이 시키는 일을 잘 따르며 살았습니다.

한여름 앞산에 참나무 잎이 하얗게 뒤집어지면

"용택아, 저렇게 바람이 불어 참나무 잎이 하얗게 뒤집어지면

사흘 후에 비가 온단다."라고 하셨습니다.

그러면 사흘 후에 비가 왔습니다.

여러분도 여름날 어머니가 했던 말을 떠올려보세요.

그리고 여름이면 떠오르는 추억을 글로 적어보세요.

빗방울 하나가 5

강은교

무엇인가가 창문을 똑똑 두드린다.
놀라서 소리 나는 쪽을 바라본다.
빗방울 하나가 서 있다가 쪼르르륵 떨어져 내린다.

우리는 언제나 두드리고 싶은 것이 있다.
그것이 창이든, 어둠이든
또는 별이든.

; 여러분께

어디로든 떠날 수 있는

티켓 한 장을 드립니다.

과거, 현재, 미래, 우주, 전 세계

어디든 떠날 수 있습니다.

빈칸을 채우면

곧 출발하겠습니다.

- 이름 :
- 출발 날짜 :
- 돌아오는 날짜 :
- 목적지 :
- 좌석 : **특등석**
- 가져가는 물건 :
- 동반하는 사람 :
- 방문 목적 :   서명

anytime

anywhere

헛 꽃

-산수국꽃은 너무 작아 꽃 위에 또 헛꽃을 피워 놓고
제 존재를 수정해 줄 나비 하나를 기다린다.

_____ 박두규

숲에 들어 비로소 나의 적막을 본다

저 가벼운 나비의 영혼은 숲의 적막을 날고

하얀 산수국, 그 고운 헛꽃이 내 적막 위에 핀다

기약한 세월도, 기다림이 다하는 날도 오기는 오는 걸까

이름도 없이 서 있던 층층나무, 때죽나무도 한꺼번에 슬퍼지던 날

그리운 얼굴 하나로 세상이 아득해지던 날

내 적막 위에 헛꽃 하나 피었다

; 이 시는 우리들을 어디로 데려갑니다.
흰 산수국꽃이 피어 있는
그 어느 숲으로 우리들의 영혼을 이끕니다.
다 잊고, 다 잊어버리고
이 시를 끝까지 따라가다가
다시 되돌아와서
다음 구절을 속으로 되뇌어 보세요.

'저 가벼운 나비의 영혼은 숲의 적막을 날고'

당신도 나도 우리 모두
날 수 있습니다.

무식한 놈

_____ 안도현

쑥부쟁이와 구절초를
구별하지 못하는 너하고
이 들길 여태 걸어 왔다니

나여, 나는 지금부터 너하고 절교다!

; 여러분은 쑥부쟁이와 구절초를 구별할 줄 아시나요?

비슷하게 생긴 들풀 하나 헷갈렸다고 자신과 결별을 선언한 시인은 스스로에게

꽤나 엄격한 사람인가 봅니다.

여러분은 자신에게 엄격한가요, 아니면 관대한가요?

다음 장으로 넘어가 나는 나에게 어떤 사람인지 자신에 대해 생각하는 시간을 가져봅시다.

'나'를 만드는 생각과 행동이 말이 되어 '나'를 보여줄 것입니다.

나의 장점

나의 단점

내가 잘하는 것

내가 잘 못하는 것

이 또한 지나가리라

_____ 랜터 윌슨 스미스

큰 슬픔이 거센 강물처럼 네 삶에 밀려와
마음의 평화를 산산조각 내고
가장 소중한 것들을 네 눈에서 영원히 앗아갈 때면
네 가슴에 대고 말하라
'이 또한 지나가리라'

끝없이 힘든 일들이
네 감사의 노래를 멈추게 하고
기도하기에도 너무 지칠 때면
이 진실의 말로 하여금 네 마음에서 슬픔을 사라지게 하고
힘겨운 하루의 무거운 짐을 벗어나게 하라
'이 또한 지나가리라'

행운이 네게 미소 짓고
하루하루가 환희와 기쁨으로 가득 차
근심 걱정 없는 날들이 스쳐갈 때면
세속의 기쁨에 젖어 안식하지 않도록
이 말을 깊이 생각하고 가슴에 품어라
'이 또한 지나가리라'

너의 진실한 노력이 명예와 영광

그리고 지상의 모든 귀한 것들을 네게 가져와 웃음을 선사할 때면

인생에서 가장 오래 지속된 일도,

가장 웅대한 일도

지상에서 잠깐 스쳐가는 한 순간에 불과함을 기억하라

'이 또한 지나가리라'

; 여러분은 오늘, 이 시를 알게 된 것만으로도 무거웠던 마음이 가벼워질 것입니다.
시의 의미를 새기며 다시 한번 읽어보고 빈칸의 구절을 필사하며 채워보세요.

이 또한 지나가리라

랜터 윌슨 스미스

큰 슬픔이 거센 강물처럼 네 삶에 밀려와
마음의 평화를 산산조각 내고
가장 소중한 것들을 네 눈에서 영원히 앗아갈 때면
네 가슴에 대고 말하라

_____

끝없이 힘든 일들이
네 감사의 노래를 멈추게 하고
기도하기에도 너무 지칠 때면
이 진실의 말로 하여금 네 마음에서 슬픔을 사라지게 하고
힘겨운 하루의 무거운 짐을 벗어나게 하라

_____

행운이 네게 미소 짓고

하루하루가 환희와 기쁨으로 가득 차

근심 걱정 없는 날들이 스쳐갈 때면

세속의 기쁨에 젖어 안식하지 않도록

이 말을 깊이 생각하고 가슴에 품어라

너의 진실한 노력이 명예와 영광

그리고 지상의 모든 귀한 것들을 네게 가져와 웃음을 선사할 때면

인생에서 가장 오래 지속된 일도,

가장 웅대한 일도

지상에서 잠깐 스쳐가는 한 순간에 불과함을 기억하라

저문 강에 삽을 씻고

_____ 정희성

흐르는 것이 물뿐이랴
우리가 저와 같아서
강변에 나가 삽을 씻으며
거기 슬픔도 퍼다 버린다
일이 끝나 저물어
스스로 깊어가는 강을 보며
쭈그려 앉아 담배나 피우고
나는 돌아갈 뿐이다
삽자루에 맡긴 한 생애가
이렇게 저물고, 저물어서
샛강바닥 썩은 물에
달이 뜨는구나
우리가 저와 같아서
흐르는 물에 삽을 씻고
먹을 것 없는 사람들의 마을로
다시 어두워 돌아가야 한다

; 살면서 얻는 것이 있으면 버려야 할 것도 있습니다.
주위를 둘러보면 필요 없는 물건도 많고
마음을 들여다보면 케케묵은 감정도 쌓여 있을 겁니다.
삶에서 지금 버려도 되는 것들을 적어보세요.
버려야 할 것들을 아는 것만으로도 조금은 홀가분해질 것입니다.

버릴 물건   버릴 마음   버릴 습관

_____   _____   _____

_____   _____   _____

_____   _____   _____

_____   _____   _____

_____   _____   _____

_____   _____   _____

_____   _____   _____

_____   _____   _____

_____   _____   _____

낙화

———————— 이형기

가야 할 때가 언제인가를
분명히 알고 가는 이의
뒷모습은 얼마나 아름다운가.

봄 한철
격정을 인내한
나의 사랑은 지고 있다.

분분한 낙화……
결별이 이룩하는 축복에 싸여
지금은 가야 할 때,

무성한 녹음과 그리고
머지 않아 열매 맺는
가을을 향하여

나의 청춘은 꽃답게 죽는다.

헤어지자
섬세한 손길을 흔들며
하롱하롱 꽃잎이 지는 어느 날

나의 사랑, 나의 결별,
샘터에 물 고이듯 성숙하는
내 영혼의 슬픈 눈.

; 여러분에게 조금 무거운 주제일 수도 있겠습니다.

마음을 가다듬고 유서를 써보세요.

요즘 초등학생의 국어 과제이자 명상 훈련의 과정이기도 한 유서 쓰기는

나와 주변을 둘러보기에 더없이 좋은 작업입니다.

자신의 진심을 그대로 담아 솔직하게 작성해보세요.

진 정 한 여 행

_____ 나짐 히크메트

가장 훌륭한 시는 아직 씌어지지 않았다
가장 아름다운 노래는 아직 불려지지 않았다
최고의 날들은 아직 살지 않은 날들
가장 넓은 바다는 아직 항해되지 않았고
가장 먼 여행은 아직 끝나지 않았다
불멸의 춤은 아직 추어지지 않았으며
가장 빛나는 별은 아직 발견되지 않은 별
무엇을 해야 할지 더 이상 알 수 없을 때
그때 비로소 진정한 무엇인가를 할 수 있다
어느 길로 가야 할지 더 이상 알 수 없을 때
그때가 비로소 진정한 여행의 시작이다

; 여러분의 인생은 지금 어디만큼 와 있나요?

아직 목적지에 도달하지 못한 우리에겐

무한한 가능성이 열려 있습니다.

시를 필사하며

자신감을 충전하세요.

한 번 더

──────── 외젠 기유빅

한 번 더
그대는 조약돌을 주우리라

마치
처음 그러는 것처럼

; 앞으로 살날이 내일 하루만 남았다면 무엇을 할 건가요?

; 앞으로 살날이 한 달이 남았다면 무엇을 할 건가요?

; 앞으로 살날이 일 년이 남았다면 무엇을 할 건가요?

꽃 아래 취하여

—————— 이상은

꽃 구경하다 나도 몰래 취하여
나무에 기대 깊이 잠들었더니
해는 이미 기울었네.
객이 흩어지고 술이 깬 깊은 밤에
다시 촛불 들고 남은 꽃 감상하네.

; 꽃과 술이 등장하는 중국시 두 편을 더 읽어봅시다.
풍경은 비슷하나 시인이 생각하는 바는 많이 다르니 분위기를 생각하며 감상하세요.

월하독작

이백

꽃 사이에 술 단지 하나 놓은 채
벗도 없이 홀로 마신다네.
잔 들어 밝은 달을 청하니
그림자 비추어 셋이 되었구나.

의고

도연명

날 저문 하늘엔 구름 한 점 없고
봄바람 부채질하듯 부드럽게 불어온다.
미인은 맑은 밤 좋아하여
새벽까지 술 마시고 노래하네.
노래가 끝나 길게 탄식하니
이에 많은 사람 감동하게 하는구나.
구름 사이 달은 밝게 빛나고
잎사귀 사이 꽃이 화사하네.
어찌 한 때의 호시절 없으랴만
그 시절 길지 않음을 응당 어쩌리.

밀 물

_____ 정끝별

가까스로 저녁에서야

두 척의 배가
미끄러지듯 항구에 닻을 내린다
벗은 두 배가
나란히 누워
서로의 상처에 손을 대며

무사하구나 다행이야
응, 바다가 잠잠해서

; 힘든 하루를

아무 탈 없이 마치고 나니

가 까 스 로 ,

다 행

이라는 단어가

새롭습니다.

두 척의 배가

어떤 의미인지 생각하며

시를 필사해보세요.

그리고 다음 장으로 넘어가

그림을 감상하며

하루를

찬찬히 마무리하세요.

당 신

오 늘 도

수 고 하 셨 습 니 다 .

Part. 3

─

내 안에
이렇게
눈이 부시게
고운 꽃

첫 줄

───────── 심보선

첫 줄을 기다리고 있다.
그것이 써진다면
첫눈처럼 기쁠 것이다.
미래의 열광을 상상 임신한
둥근 침묵으로부터
첫 줄은 태어나리라.
연서의 첫 줄과
선언문의 첫 줄.
어떤 불로도 녹일 수 없는
얼음의 첫 줄.
그것이 써진다면
첫아이처럼 기쁠 것이다.
그것이 써진다면
죽음의 반만 고심하리라.
나머지 반으로는
어떤 얼음으로도 식힐 수 없는
불의 화환을 엮으리라.

; 하고 싶다는 생각만 했을 뿐,

시작조차 하지 못한 일들이 많습니다.

아직 시작하지 못한 마음속 꿈을

한 줄 한 줄 꼬박꼬박 적어보세요.

진짜로 꼬박꼬박. 마음에 새기듯이.

지금, 나의 첫 줄이 시작되었습니다.

꽃 자 리

구상

반갑고 고맙고 기쁘다.

앉은 자리가 꽃자리니라!

네가 시방 가시방석처럼 여기는
너의 앉은 그 자리가
바로 꽃자리니라.

반갑고 고맙고 기쁘다.

; 제가 한때 정말 좋아했던 말을 소개합니다.
이 말을 써서 벽에 붙여놓고
산 적이 있었습니다.

사랑하고,
감동하고,
희구하고,
전율하며 살라
_오귀스트 로댕

이 말을 생각하면 지금도 가슴이 뜁니다.
여러분도 로댕의 이 말을 여기에 써보세요.
가슴이 뛴다면 여러분도 아직
자기 자신에 대한 열망과
세상에 대한 사랑이 식지 않은 사람입니다.

희망은 날개 달린 것

_____ 에밀리 디킨슨

희망은 날개 달린 것
영혼에 둥지를 틀고
가사 없는 노래를 부르네
영원히 끝나지 않는 그 노래를

모진 바람 불 때 더욱 감미로워라
많은 이들의 가슴을 따뜻이 감싸준
그 작은 새 당황케 할 수 있다면
참으로 매서운 폭풍이리

나는 가장 추운 땅에서도
가장 낯선 바다에서도 그 노래 들었네
하지만 아무리 절박해도 그것은
내게 빵 한 조각 달라 하지 않았네

; 다른 사람이 쓴 희망에 관한 시 한 편을 더 읽어봅시다.
자신의 희망이 얼마나 이루어지고 있는지 생각해보세요.

인 생 의 선 물

사무엘 울만

나는 가시나무가 없는 길을 찾지 않는다
슬픔에게 사라지라고 요구하지 않는다
해가 비치는 날만 찾지도 않는다
여름 바다에 가기를 원하지도 않는다

햇빛 비치는 영원한 낮만으로는
대지의 초록은 시들고 만다

눈물이 없으면 세월 속에
마음은 희망의 봉우리를 닫는다
인생의 어떤 곳이라도
정신을 차려 갈고 일군다면
풍요한 수확을 가져다주는 것이
손이 미치는 곳에 많이 있다

눈

_____ 김수영

눈은 살아 있다
떨어진 눈은 살아 있다
마당 위에 떨어진 눈은 살아 있다

기침을 하자
젊은 시인이여 기침을 하자
눈 위에 대고 기침을 하자
눈더러 보라고 마음 놓고 마음 놓고
기침을 하자

눈은 살아 있다
죽음을 잊어버린 영혼과 육체를 위하여
눈은 새벽이 지나도록 살아 있다

기침을 하자
젊은 시인이여 기침을 하자
눈을 바라보며
밤새도록 고인 가슴의 가래라도
마음껏 뱉자

; 때로는 자신의 존재감을 알리기 위해 자기소개를 해야 할 때가 있습니다.

새로운 사람에게 나를 알린다고 생각하고 짤막한 자기소개를 써보세요.

면접, 모임, 직장 등 특정 영역을 지정해서 쓰면 좀 더 수월하게 쓸 수 있습니다.

시 월

_____ 피천득

친구 만나고
울 밖에 나오니

가을이 맑다
코스모스

노란 포플러는
파란 하늘에

; 시월은 자연도 사람들도 바쁜 달입니다. 마무리를 서두르는 달입니다. 누구에게나 어느 가을날이 있겠지요. 그 가을날에 있었던 어떤 한 가지 일을 두 줄로 써보세요.

미 안 하 다

_____ 정호승

길이 끝나는 곳에 산이 있었다
산이 끝나는 곳에 길이 있었다
다시 길이 끝나는 곳에 산이 있었다
산이 끝나는 곳에 네가 있었다
무릎과 무릎 사이에 얼굴을 묻고 울고 있었다
미안하다
너를 사랑해서 미안하다

; 살면서 고마운 일이 많았던 만큼 미안한 일도 많았습니다.

선생 노릇 마지막 날, 저한테 편지 안 써왔다고 나무란 제자 유빈이에게도 미안합니다.

한번쯤 주위를 둘러보며 미안한 사람들, 미안했던 일들을 적어보세요.

그 대 의 길

울라브 하우게

그대가 갈 길을 표시해 놓은 사람은
아무도 없다
저 미지의 세계에
멀리 떨어진 곳에

이것은 그대의 길
오직 그대만이
그 길을 갈 것이고
되돌아오는 것은 불가능하다

그리고 그대 또한
그대가 걸어온 길을 표시해놓지 않는다
황량한 언덕 위 그대가 걸어온 길을
바람이 지워버린다

; 레프 톨스토이가 전하는
삶 을 위 한 열 가 지 교 훈

하나, 시간을 내서 일을 하라. 일은 성공으로 가는 길이다.

둘, 시간을 내서 생각하고 생각하라. 생각은 능력이 솟아나는 샘물과 같다.

셋, 시간을 내서 운동하라. 운동으로 흘린 땀은 젊음을 유지하는 비결이다.

넷, 시간을 내서 책을 읽으라. 책은 지혜의 원천이다.

다섯, 시간을 내서 친절을 베풀라. 남에게 베푼 친절이 그대에게 행복으로 돌아온다.

여섯, 시간을 내서 꿈을 설계하라. 작은 꿈들이 모여 큰 꿈을 이룬다.

일곱, 시간을 내서 사랑하고 사랑받으라. 그것은 구원받은 자의 특권이다.

여덟, 시간을 내서 가만히 멈추어 주위를 살펴보라. 나만을 위해 살기에는 하루가 너무 길다.

아홉, 시간을 내서 웃어라. 웃음은 영혼의 음악이다.

열, 시간을 내서 기도하라. 기도는 영원한 삶을 위한 투자이다.

《인생에서 공부가 필요한 순간》 중에서.(레프 톨스토이 저, 조화로운 삶)

여러분은 이 중 몇 가지를 실천하고 계십니까?

선 천 성 그 리 움

———————— 함민복

사람 그리워 당신을 품에 안았더니

당신의 심장은 나의 오른쪽 가슴에서 뛰고

끝내 심장을 포갤 수 없는

우리 선천성 그리움이여

하늘과 땅 사이를

날아오르는 새떼여

내리치는 번개여

; 나의 오른쪽 가슴이 뛰는 것을
확인할 수 있는 사람이 있나요?
그 이름을 크게 불러 보고
여기에 새겨 넣으세요.

"   !"

당신의 편지

한용운

당신의 편지가 왔다기에 꽃밭 매던 호미를 놓고 떼어 보았습니다

그 편지는 글씨는 가늘고 글줄은 많으나 사연은 간단합니다

만일 님이 쓰신 편지라면 글은 짧을지라도 사연은 길 터인데

당신의 편지가 왔다기에 바느질 그릇을 치워놓고 떼어 보았습니다

그 편지는 나에게 잘 있느냐고만 묻고 언제 오신다는 말은 조금도 없습니다

만일 님이 쓰신 편지라면 나의 일은 묻지 않더라도 언제 오신다는 말을 먼저 썼을 터인데

당신의 편지가 왔다기에 약을 달이다 말고 떼어 보았습니다

그 편지에 있는 당신의 주소는 다른 나라의 군함입니다

만일 님이 쓰신 편지라면 남의 군함에 있는 것이 사실이라 할지라도 편지에는 군함에서 떠났다고 하였을 터인데

; 다음 장으로 넘어가

과거의 나에게

혹은

지금의 나에게

혹은

10년 후, 20년 후 미래의 나에게

편지 한 장 써보세요.

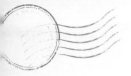

영혼의 가장 맛있는 부분

——————— 다니카와 슌타로

신이 대지와 물과 태양을 주었다
대지와 물과 태양이 사과나무를 주었다
사과나무가 아주 빨간 사과 열매를 주었다
그 사과를 당신이 내게 주었다
부드러운 두 손바닥에 싸서
마치 태초의 세계처럼
아침 햇살과 함께

어떤 말 한마디 없어도
당신은 나에게 오늘을 주었다
잃어버릴 것 없는 시간을 주었다
사과를 길러낸 사람들의 미소와 노래를 주었다
어쩌면 슬픔도
우리들 위에 펼쳐진 푸른 하늘에 숨은
저 목표도 없는 것에 거슬러서

그래서 당신은 자신도 모르는 새
당신 영혼의 가장 맛있는 부분을
나에게 주었다

; 어디를 가다가 아름다운 풍경을 보면
같이 보고 싶은 사람이 있는지요.
어디 가서 맛있는 음식을 먹으면
'다음에 같이 와야지' 하는 사람이 있나요.
그 사람과 함께하고 싶은 일을 적어보세요.

이제 다음 장으로 넘어가세요.
소중한 사람과 함께하는 순간을 떠올리며 곱게 색칠해보세요.

감나무를 함께 심고 가꾸어 그 감나무에 열린 감을 함께 따고.

이른 아침 강 길을 같이 걸을 사람을 한번 찾아보세요.

《베니의 컬러링 일기》중에서.
(구작가 저, 예담)

사 랑

—————————— 안도현

여름이 뜨거워서 매미가
우는 것이 아니라 매미가 울어서
여름이 뜨거운 것이다

매미는 아는 것이다
사랑이란, 이렇게
한사코 너의 옆에 붙어서
뜨겁게 우는 것임을

울지 않으면 보이지 않기 때문에
매미는 우는 것이다

; 나는 지금 무엇 때문에 힘이 드는지, 무슨 일로 화가 나 있는지,

왜 울고 싶은지 천천히 써보세요.

밤이 오면 길

———————— 이성복

밤이 오면 길이
그대를 데려가리라
그대여 머뭇거리지 마라
물결 위에 뜨는 죽은 아이처럼
우리는 어머니 눈길 위에 떠 있고,
이제 막 날개 펴는 괴로움 하나도
오래 전에 예정된 것이었다
그대여 지나가는 낯선 새들이 오면
그대 가슴속 더운 곳에 눕혀라
그대 괴로움이 그대 뜻이 아니듯이
그들은 너무 먼 곳에서 왔다
바람 부는 날 유도화의 잦은 떨림처럼
순한 날들이 오기까지,
그대여 밤이 오는 쪽으로
다가오는 길을 보아라
어둡지도 밝지도 않은 길이
그대를 데려가리라

; 일 년 중, 오직 자기 자신을 위해 쓰는 시간이 얼마나 되나요?
한 달에 한 번, 자신만을 위한 날을 정해서
자신만을 위해 하고 싶은 일을 한 가지씩 적어두세요.

365일 중 나를 위한 12일

1월 _____ 일

2월 _____ 일

3월 _____ 일

4월 _____ 일

5월 _____ 일

6월 _____ 일

7월 _____ 일

8월 _____ 일

9월 _____ 일

10월 _____ 일

11월 _____ 일

12월 _____ 일

아버지의 등을 밀며

──────── 손택수

아버지는 단 한번도 아들을 데리고 목욕탕엘 가지 않았다
여덟살 무렵까지 나는 할 수 없이
누이들과 함께 어머니 손을 잡고 여탕엘 들어가야 했다
누가 물으면 어머니가 미리 일러준 대로
다섯살이라고 거짓말을 하곤 했는데
언젠가 한번은 입속에 준비해둔 다섯살 대신
일곱살이 튀어나와 곤욕을 치르기도 하였다
나이보다 실하게 여물었구나, 누가 고추를 만지기라도 하면
잔뜩 성이 나서 물속으로 텀벙 뛰어들던 목욕탕
어머니를 따라갈 수 없으리만치 커버린 뒤론
함께 와서 서로 등을 밀어주는 부자들을
은근히 부러운 눈으로 바라보곤 하였다
그때마다 혼자서 원망했고, 좀더 철이 들어서는
돈이 무서워서 목욕탕도 가지 않는 걸 거라고
아무렇게나 함부로 비난했던 아버지
등짝에 살이 시커멓게 죽은 지게자국을 본 건
당신이 쓰러지고 난 뒤의 일이다
의식을 잃고 쓰러져 병원까지 실려온 뒤의 일이다

그렇게 밀어드리고 싶었지만, 부끄러워서 차마
자식에게도 보여줄 수 없었던 등
해 지면 달 지고, 달 지면 해를 지고 걸어온 길 끝
적막하디적막한 등짝에 낙인처럼 찍혀 지워지지 않는 지게자국
아버지는 병원 욕실에 업혀 들어와서야 비로소
자식의 소원 하나를 들어주신 것이었다

; 어릴 때
밖에서 뛰어놀다가
방으로 들어서면
내 꽁꽁 언 볼을
두 손으로 감싸주던,
아버지의 따뜻한
그 온기를 잊지 않고 나는
아들딸을 키웠습니다.
아마 그들도 그 마음 그대로
아들딸들을 키울 테지요.
그리고 제 자식들도, 손자들도
아버지의 온기를 이해하는 날까지는
저처럼
많은 시간이 걸릴지도 모릅니다.

아버지에게 따뜻한 말 한마디 건넨 적이 언제였나요?

다음 장으로 넘어가
아버지에게 전하고 싶은 말이나 편지 한 통을 써보세요.
혹은 아버지와 하고 싶은 일들을 적어보세요.

아버지는 매일 당신의 편지를 기다리고 있을지도 모릅니다.

이 미

——————— 최영미

이미 젖은 신발은
다시 젖지 않는다

이미 슬픈 사람은
울지 않는다

이미 가진 자들은
아프지 않다

이미 아픈 몸은
부끄러움을 모른다

이미 뜨거운 것들은
말이 없다

; 이따금 자신을 들여다보며 살고 있습니까?
살다가 때로 주위를 살피며 살고 있습니까?
때론 시가 잠든 나를 깨워줍니다.
시를 쓰며 멈춘 생각을 이어 가보세요.
새로운 세상이 거기 있을지 모르잖아요.

애 인

한밤을 펜과 씨름하다
책상에 엎어졌습니다
거기에는 책상의 이데아도 질료도
아무것도 없었습니다, 하지만 거기서
나,
책상의 나직한 고동 소리를 들었습니다
제 속에 세월을 묻고 가슴에 열쇠를 꽂은
숨소리가 나직한 늙은 책상은
내가 사춘기에 칼로 그은 상처도
간직하고 있습니다
나를 구원해준 책상
나를 잠재워준 책상
내가 후려갈기고 긋고 할퀴고 물어뜯고 종국에
머리를 박아대던 책상,
책상은 나를
제 다리 밑에 숨겨줍니다
거기서 손가락 빨며 눈 빨개지도록 웁니다

; 오랫동안 지치지 않고 해온 일이 무엇이 있나 생각해봅니다. 고등학교 때 우연히 보았던 신문 보는 일을 지금까지 이어오고 있고요. 출퇴근길 아이들과 걸어 다녔던 강 길을 지금도 걷고 있습니다. 50여 년 동안 해온 일들이네요. 어머니가 사용했던 독을 지금도 사용하고 있습니다. 오래 한 일, 내 가까이 오래 둔 물건들이 있다는 것은 살아가는데 큰 위안이 됩니다. 여러분도 오랫동안 꾸준히 해온 일, 오랫동안 간직한 물건을 적어보세요. 만약 없다면, 이제부터 시를 가까이 두고 읽는 일을 해도 좋을 것입니다.

나를 키우는 말

_____ 이해인

행복하다고 말하는 동안은
나도 정말 행복해서
마음에 맑은 샘이 흐르고

고맙다고 말하는 동안은
고마운 마음 새로이 솟아올라
내 마음도 더욱 순해지고

아름답다고 말하는 동안은
나도 잠시 아름다운 사람이 되어
마음 한 자락이 환해지고

좋은 말이 나를 키우는 걸
나는 말하면서
다시 알지

; 내가 하는 말도 제자리가 있습니다.

자리를 찾지 못한 말은 허공을 떠돌아다니며 다른 이에게 상처를 주거나

때론 무섭게 변해 나 자신과 타인을 괴롭히기도 합니다.

요즘 TV나 신문을 보면 너무 험한 말들이 많이 돌아다녀요.

돌멩이가 돌아다니면 잘 주워서 담이라도 쌓고

집을 지을 때 써먹기라도 할 텐데,

써먹을 데 없는 돌들이 있습니다.

우리가 뱉은 말도 마찬가지입니다.

말은 힘이 셉니다.

내가 하는 말이 곧 내 모습이며

내 인생을 만들어갑니다.

오늘 내가 잘한 말과
잘못한 말을 한번 떠올려보세요.

말이 제자리에 있으면 나무처럼 아름답습니다.

1. 내가 습관적으로 많이 쓰는 단어를 찾아보세요.
   그리고 그 말이 부정적인 단어는 아닌지 생각해보세요.

2. 가족이나 가까운 사람에게 말로 상처를 주고 있지는 않은지
   나의 행동을 돌이켜보세요.

3. 말의 첫마디를 부정적인 단어로 시작하는 습관은 없는지,
   대화 도중 욕설이나 은어를 섞지는 않는지 곰곰이 살펴보세요.

4. 대화를 나눌 때나 혹은 자신의 실체가 보이지 않는 곳에서
   다른 사람의 험담을 많이 하는 편인지 판단해보세요.

5. 무조건 "YES!"만 외치지는 않는지,
   무조건 "NO!"를 고집하진 않는지 돌아보세요.

6. 자신의 감정을 지나치게 드러내거나
   직설적으로 전달하지는 않는지 자기 자신을 관찰해보세요.

7. 부정적 단어, 과장된 단어, 자극적인 단어, 명령형 어휘, 감정적 고백,
   극단적인 표현, 헛소문, 비방, 막말 등의 사용을 줄이도록 노력하세요.

다음 장으로 넘어가 자신만의 부정과 긍정의 단어를 만들어봅시다.

부정의 단어

그게 아니라

최악이야

지겨워

죽을 것 같아

우울해

이제 그만해

못하겠어

후회

짜증

미루다

고맙습니다

기분 좋아

네 덕분이야

나는 할 수 있어

기대

마음이 놓여

사랑해

잘될 거야

충분하다

_____

_____

_____

_____

_____

_____

_____

_____

_____

_____

_____

_____

_____

_____

_____

_____

_____

_____

_____

_____

무 화 과   숲

_____ 황인찬

쌀을 씻다가
창밖을 봤다

숲으로 이어지는 길이었다

그 사람이 들어갔다 나오지 않았다
옛날 일이다

저녁에는 저녁을 먹어야지

아침에는
아침을 먹고

밤에는 눈을 감았다.
사랑해도 혼나지 않는 꿈이었다

; 잊어야 살고
잊으니까 살아지고
잊은 듯 살아갑니다.
때론 새로운
꿈꿀 수 있어서
다행입니다.
다음 장에서
새로운 꿈을
맞아봅시다.

; 앞의 시와 분위기를 비교하며
아래의 시를 읽어보세요.

그리고
살면서 절대 잊을 수 없는 것,
잊어서는 안 되는 것,
아름다운 그 한 가지를
오른쪽 페이지에
적어보세요.

어둠과 나와

헤르만 헤세

나는 촛불을 꺼버렸다.
열린 창문으로 밤이 밀려와
살며시 나를 안고, 나를 벗으로
형제로 삼는다.
우리들은 같은 향수에 젖어 있다.
불안한 꿈을 밖으로 내쫓고
소곤소곤 아버지 집에서 살던
지난날을 이야기한다.

오늘의 결심

_____ 김경미

라일락이나 은행나무보다 높은 곳에 살지 않겠다
초저녁 별빛보다 많은 등을 켜지 않겠다
여행용 트렁크는 나의 서재
지구 끝까지 들고 가겠다
썩은 치아 같은 실망
오후에는 꼭 치과엘 가겠다

밤하늘에 노랗게 불 켜진 보름달을
신호등으로 알고 급히 횡단보도를 건넜으되
다치지 않았다

생각하면 티끌 같은 월요일에
생각할수록 티끌 같은 금요일까지
창틀 먼지에 다치거나
내 어금니에 혀 물린 날 더 많았으되

함부로 상처받지 않겠다
목차들 재미없어도
크게 서운해하지 않겠다
너무 재미있어도 고단하다
잦은 서운함도 고단하다

한계를 알지만
제 발목보다 가는 담벼락 위를 걷는
갈색의 고양이처럼

비관 없는 애정의 습관도 길러보겠다

; 오늘은

자신을 위해

어떤 생각과 결심을

하셨나요?

내가 단단해지면

언젠가는 다른 이를 위해

결심하게 되는 순간도

찾아올 것입니다.

나를 위한 시

〈오늘의 결심〉과

소중한 사람을 위한 시

〈나의 노래〉를

비교하며 읽어보세요.

나의 노래

타고르

내 노래는 다정한 사람의 팔처럼

당신의 주위를 감싸리라

축복의 입맞춤으로

당신의 입가에 가닿고

당신이 혼자일 때 곁에 앉아 속삭이고

군중 속에 있을 때는 울타리가 되리라

내 노래는 꿈속에 한쌍의 날개가 되어

당신을 미지의 땅으로 데려가리라

어두운 밤이 당신을 뒤덮으면

머리 위 성실한 별이 되어주리라

내 노래는 당신의 눈동자에 젖어들어

만물의 마음속으로

당신의 시선을 인도하리라

그리고 죽어서 내 목소리가 침묵할 때

내 노래는 살아있는

당신의 가슴속에서 이야기하리라

눈 내리는 밤

강소천

말 없이
소리 없이
눈 내리는 밤.

누나도 잠이 들고
엄마도 잠이 들고

말 없이
소리 없이
눈 내리는 밤.

나는 나하고
이야기하고 싶다.

; 이불보를 빨아 널면

하늘이 다 가려지는 작은 마을.

제가 지금도 살고 있는

이곳이 제 고향입니다.

집과 학교만 오가던 제가

아내를 만나

결혼생활을

시작한 곳이지요.

그땐 샘에서

물을 길어다 밥을 하고,

나무로 불을 때서 밥을 했던

시절이었어요.

겨울이면 아내는

찬바람 부는

앞내 징검돌에 앉아

빨래를 했지요.

손등이, 볼이

빨갛게 얼어 있었습니다.

여러분도 추운 겨울이면

생각나는 것들을

적어보세요.

잊고 있던

추억들을 써보세요.

부엌의 불빛

이준관

부엌의 불빛은
어머니 무릎처럼 따뜻하다.

저녁은 팥죽 한 그릇처럼
조용히 끓고,
접시에 놓인 불빛을
고양이는 다정히 핥는다.

수돗물을 틀면
쏴아— 불빛이 쏟아진다.

부엌의 불빛 아래 엎드려
아이는 오늘의 숙제를 끝내고,
때로는 어머니의 눈물,
그 눈물이 등유가 되어
부엌의 불빛을 꺼지지 않게 한다.

불빛을 삼킨 개가 하늘을 향해 짖어대면
하늘엔
올해의 가장 아름다운 첫 별이
태어난다.

; 어디 멀리 갔다가 마을에 들어서면 우리 집 불빛이 보였습니다. 불빛이 비치는 창호지 문에 어머니의 그림자가 어른거렸습니다. 마당에 들어서서 "어머니!" 하고 부를 때면, 언제나 가슴이 뛰었습니다. 검은 산 아래 작은 마을 그 집에서 나는 불을 켜고 지금도 살고 있습니다. 여러분을 이끄는 불빛은 무엇인가요? 불빛이 일러준 것들은 무엇인가요? 불빛이 일러준 나의 좌우명을 적어보세요.

나를 이끄는 불빛

_____

_____

불빛이 나에게 가르쳐준 것

_____

_____

나의 좌우명

_____

_____

저녁을 단련함

매일 한 차례씩 같은 시간에 모기에 물린다면
우리는 모기를 힘들어하지 않을뿐더러
그 작은 모기에게 사자처럼 굴지도 않을 것이다

꼿꼿하게 앉아도 되는 저녁이므로
지나치게 균형을 잃을 필요는 없을 것이다

매일 한 차례씩
알람을 맞춰놓고 같은 시간에 모기에 물린다면
먹고 사는 일에 다짐 따윈 필요 없을지도 모른다

남은 저녁은 좀더 단정히 피가 통할 것이며
맨발의 급소들도 순해질 수 있겠다

봉합이 필요한 시간에
모기에 물리자고 팔뚝을 내놓는다면
시간의 딱지들은 도톰해질 것이다

저녁의 바닥을 향해 서 있는 것 모두를
진창이라 여기지 않아도 되겠다

서서히 가려우므로 괜찮아진다
하물며 최선도 지나간다

피하느니
제법 지나갈 것이다

시가 삶을
완전하게 해주진 않겠지만
지금 이 시간
잠시 잠깐 위로가 됩니다.
시를 따라가다 보면
시가 내 슬픔을 가져갈지도 모릅니다.
마음의 짐을 다 부려놓고
시를 한번
따라가 보세요.
어
디
가
나오는지.

여러분의 슬픔을 가져갈
별은 어디에 있나요?

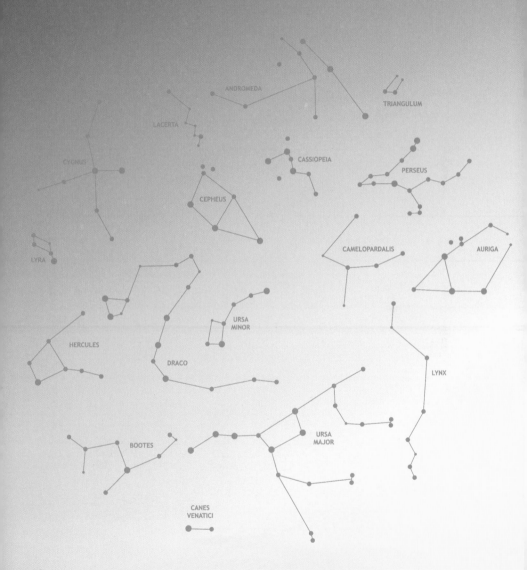

그 말이 잎을 물들였다

나희덕

살았을 때의 어떤 말보다
아름다웠던 한마디
어쩔 수 없을지도 모른다는
그 말이 잎을 노랗게 물들였다.

지나가는 소나기가 잎을 스쳤을 뿐인데
때로는 여름에도 낙엽이 진다.
온통 물든 것들은 어디로 가나.
사라짐으로 하여
남겨진 말들은 아름다울 수 있었다.

말이 아니어도, 잦아지는 숨소리,
일그러진 표정과 차마 감지 못한 두 눈까지도
더이상 아프지 않은 그 순간
삶을 꿰매는 마지막 한땀처럼
낙엽이 진다.
낙엽이 내 젖은 신발창에 따라와
문턱을 넘는다, 아직은 여름인데.

; 시는 저마다 다른 향기, 다른 맛을 지녔습니다. 읽는 사람의 경험이나 생각, 현재의 기분에 따라 다르게 해석되기도, 새롭게 읽히기도 하지요. 그래서 시는 읽을 때마다 늘 새롭고 신비롭고 감동적입니다. 감동은 다른 말로 물드는 것입니다. 당신은 지금 그 어디에, 그 무엇에 물들고 있는지요.

그 사람의 손을 보면

구두 닦는 사람을 보면
그 사람의 손을 보면
구두 끝을 보면
검은 것에서도 빛이 난다
흰 것만이 빛나는 것은 아니다

창문 닦는 사람을 보면
그 사람의 손을 보면
창문 끝을 보면
비누거품 속에서도 빛이 난다
맑은 것만이 빛나는 것은 아니다

청소하는 사람을 보면
그 사람의 손을 보면
길 끝을 보면
쓰레기 속에서도 빛이 난다
깨끗한 것만이 빛나는 것은 아니다

마음 닦는 사람을 보면
그 사람의 손을 보면
마음 끝을 보면
보이지 않는 것에서도 빛이 난다
보이는 빛만이 빛은 아니다
닦는 것은 빛을 내는 일

성자가 된 청소부는
청소를 하면서도 성자이며
성자이면서도 청소를 한다

; 세상에서 가장 아름다운 것은
자연과 아이들입니다.
자연은 자기에게 오는 것들을 밀어내지 않고
다 받아들이고
아이들은 자기에게 오는 것들을 다 자기편으로,
자기 것으로 만들어버립니다.
다 받아들이기 때문에 자연은 아름답고,
자기편으로 만들 줄 알기 때문에 아이들은 놀 줄 압니다.
이렇게 세상에서 가장 아름다운 자연과
거리낌이 없는 영혼을 가진 아이들은
늘 저를 가르치며 새롭게 변화시킵니다.

오늘은 보이지 않는 아름다움을 찾아
글로 적어보세요.

출근길에 발견한 아스팔트 사이의 민들레,
밤길의 길을 터주는 환한 가로등,
단골 식당 주인의 반가운 인사말,
그 어떤 것이라도 좋습니다.

그게 거기 있으므로 세상을 받쳐주고
그게 거기 있어서 세상이 빛나는 것들을 떠올리면
살아 있는 지금이
기쁩니다.

여러분 또한 아름다운 사람입니다.

위대한 것은
인간의 일들이니

_____ 프랑시스 잠

나무병에 우유를 담는 일,

살갗을 찌르는 꼿꼿한 밀 이삭을 따는 일,

암소들을 신선한 오리나무 옆에서 떠나지 않게 하는 일,

숲의 자작나무를 베는 일,

경쾌하게 흘러가는 시내 옆에서 버들가지를 꼬는 일,

어두운 벽난로와, 옴 오른 늙은 고양이와,

잠든 티티새와, 즐겁게 노는 어린 아이들 옆에서

낡은 구두를 수선하는 일,

한밤중 귀뚜라미들이 날카롭게 울 때

처지는 소리를 내며 베틀을 짜는 일,

빵을 만들고 포도주를 만드는 일,

정원에 양배추와 마늘의 씨앗을 뿌리는 일,

그리고 따뜻한 달걀을 거두어들이는 일.

; 이 시에 이어서 여러분의 시를 더 써보세요.

다음 장으로 넘어가 나의 하루를 그림으로 표현해보세요.

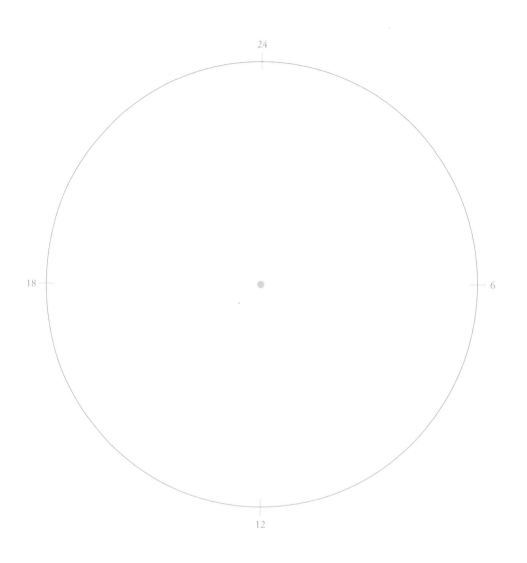

어렸을 때, 생활 계획표를 그렸던 것처럼 나의 하루를 그려보세요.

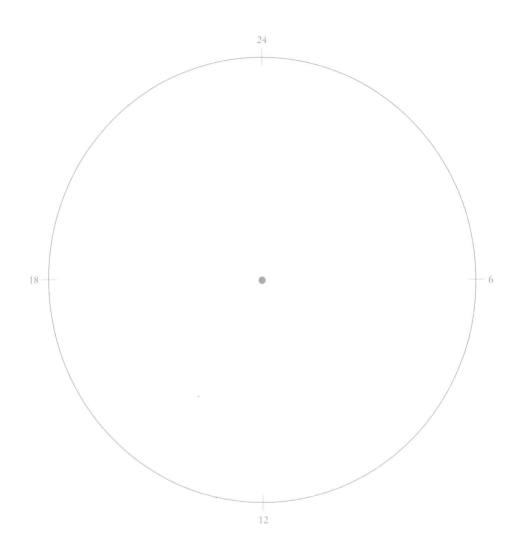

내가 원하는 하루 계획표를 그려보세요.

저 녁 별 처 럼

_____ 문정희

기도는 하늘의 소리를 듣는 것이라
저기 홀로 서서
제자리 지키는 나무들처럼

기도는 땅의 소리를 듣는 것이라
저기 흙 속에
입술 내밀고 일어서는 초록들처럼

땅에다
이마를 겸허히 묻고
숨을 죽인 바위들처럼

기도는
간절한 발걸음으로
한 번도 가보지 못한
깊고 편안한 곳으로 걸어가는 것이다
저녁별처럼

; '간절하면 이루어진다'는
말이 있습니다.
나에게 힘을 주는 기도문을
작성해보세요.
그리고
매일 밤
잠자리에 들기 전에
되새겨봅니다.

편 지

누나!
이 겨울에도
눈이 가득히 왔습니다.

흰 봉투에
눈을 한줌 넣고
글씨도 쓰지 말고
우표도 붙이지 말고
말쑥하게 그대로
편지를 부칠까요?

누나 가신 나라엔
눈이 아니 온다기에.

; 이곳은 여러분에게 추억을 선물하는 페이지입니다.

작은 나뭇잎이나 꽃잎을 책갈피에 간직해주세요.

언젠가 이 책을 다시 열었을 때 나뭇잎이 여러분에게 추억 하나를 선사할 것입니다.

언젠가 지금 이 순간이 문득 그리운 날이 반드시 찾아올 것입니다.

년   월   일

Part. 4

언젠가
거기 서서
꽃처럼
웃을 날

필사하고 싶은 김용택의 시 10

별 일

양말도 벗었나요

고운 흙을 양손에 쥐었네요.

등은 따순가요.

햇살 좀 보세요.

거 참, 별일도 다 있죠.

세상에, 산수유 꽃가지가

길에까지 내려왔습니다.

노란 저 꽃 나 줄건가요.

그래요.

다

줄게요.

다요, 다.

처 음 은 다 환 했 다

_____ 김용택

매미가 운다.
매미 소리에게 내 마음을 준다.

남보라색 붓꽃이 피었다.
꽃에게 내 마음을 준다.

살구나무에 바람이 분다.
바람에게 내 마음을 준다.

날아가는 나비에게
가만히 서 있는 나무에게 마음을 주면
나비도 나무도 편해지고
내 마음이 편해진다.

흘러가는 저기 저 흰 구름에게
마음을 실어주면
이 세상 처음이었던 내가 보인다.
처음은 다 환했다.

나 비

김용택

꿈에서도 생시처럼 흰 종이 위에
시를 썼다

이게 꿈이지, 꿈이지 그러면서 꿈속을 나와도
시 구절이 생시로 이어졌다

꽃을 따라 꿈에서 생시로 날아온
나비

온 생(生)이 다 환하구나

나비
날다

3mm의 산문

운동장을 거닐다가 땅바닥에 무엇인가 움직이는 것이 있어
쭈그려앉았습니다.
3mm나 될까, 연둣빛 투명한 아기벌레였습니다. 여치인지
방아깨비인지, 얼마나 여리고 작고 그 빛이 순정하던지.
너는 어디서 왔니?
너는 어디서 왔어?
물어봅니다.
나는 너무 크고 벌레는 너무 작아
도저히 눈 맞출 수 없어
나의 말이 그 벌레에게 닿지 않아 그의 답을 듣지 못합니다.
두 손으로 땅을 짚고 엎드려
벌레를 따라갑니다.
바람이 붑니다.
내 눈이
푸르게 물들어오는
이 저녁.

260

인 생

_____ 김용택

사람이, 사는 것이
별것인가요?
다 눈물의 굽이에서 울고 싶고
기쁨의 순간에 속절없이
뜀박질하고 싶은 것이지요

사랑이, 인생이 별것인가요?

이별

_____ 김용택

서리 친 가을 찬물을
초승달같이 하이얀 맨발로
건너서 가네

슬 픔

_____ 김용택

외딴곳
집이 없었다
짧은 겨울날이
침침했다
어디 울 곳이
없었다

꽃 한 송이

김용택

간절하면
가 닿으리
너는 내 생각의 끝에 아슬아슬 서 있으니
열렬한 것들은
다 꽃이 되리
이 세상을 다 삼키고
이 세상
끝에
새로 핀
꽃 한 송이

죄

──────── 김용택

들자니 무겁고
놓자니 깨지겠고

무겁고 깨질 것 같은 그 독을 들고 아등바등 사랑했으니
산 죄 크다

내 독을 깨트리지 않으려고
세상에 물 엎질러 착한 사람들 발등 적신 죄
더 크다

하 루

김용택

날이 흐리다

눈이 오려나

네가

겁나게

보고 싶다

시 제목으로 찾아보기

시인 이름으로 찾아보기

《어쩌면 별들이 너의 슬픔을 가져갈지도 몰라+플러스》에 수록된 시의 출처

문학과 지성사
강유정, 〈청춘〉, 《네 속의 나 같은 칼날》
김이듬, 〈사과 없어요〉, 《히스테리아》
다니카와 슌타로, 〈영혼의 가장 맛있는 부분〉, 《이십억 광년의 고독》
비스와바 쉼보르스카, 〈가장 이상한 세 단어〉, 《끝과 시작》
심보선, 〈첫 줄〉, 《눈앞에 없는 사람》
이병률, 〈저녁을 단련함〉, 《눈사람 여관》
이성복, 〈밤이 오면 길〉, 《남해금산》
허수경, 〈농담 한 송이〉, 《누구도 기억하지 않는 역에서》
김행숙, 〈인간의 시간〉, 《에코의 초상》

문학동네
박준, 〈지금은 우리가〉, 《당신의 이름을 지어다가 며칠은 먹었다》
윤희상, 〈어떤 물음〉, 《이미, 서로 알고 있었던 것처럼》
이문재, 〈어떤 경우〉, 《지금 여기가 맨 앞》
정한아, 〈애인〉, 《어른스런 입맞춤》

민음사
정끝별, 〈밀물〉, 《흰 책》
황인찬, 〈무화과 숲〉, 《구관조 씻기기》

실천문학
최영미, 〈이미〉, 《이미 뜨거운 것들》

열림원
이해인, 〈나를 키우는 말〉, 《서로 사랑하면 언제라도 봄》

예담

허허당, 머물지 마라, 《머물지 마라, 그 아픈 상처에》

창비

문태준, 〈오랫동안 깊이 생각함〉, 《먼 곳》
손택수, 〈아버지의 등을 밀며〉, 《호랑이 발자국》
신미나, 〈정미네〉, 《싱고,라고 불렀다》
이시영, 〈좋은 기쁜 날〉, 《은빛 호각》
함민복, 〈구름의 주차장〉, 《눈물을 자르는 눈꺼풀처럼》
함민복, 〈선천성 그리움〉, 《모든 경계에는 꽃이 핀다》

작가

권오훈, 〈종달새〉
구광본, 〈강〉, 《강》
박두규, 〈헛꽃〉, 《숲에 들다》

함석헌기념사업회

함석헌, 〈그 사람을 가졌는가〉, 《그 사람을 가졌는가》

※ 이 책에 실린 시 전문은 '한국문예학술저작권협회'와 '사이저작권에이전시', 출판권을 가진 출판사,
　작가와의 연락을 통해 저작권자의 동의를 얻었습니다.

어쩌면 별들이 너의 슬픔을 가져갈지도 몰라+플러스

초판 1쇄 발행 2016년 12월 15일 초판 31쇄 발행 2023년 4월 26일

지은이 김용택
펴낸이 이승현

출판1 본부장 한수미
와이즈 팀장 장보라

펴낸곳 위즈덤하우스
출판등록 2000년 5월 23일 제 13-1071호
주소 서울특별시 마포구 양화로 19 합정오피스빌딩 17층
전화 02) 2179-5600 홈페이지 www.wisdomhouse.co.kr

ISBN 978-89-5913-086-3 03810